침묵의 그림자

이승욱 추리소설

침묵의 그림자

초판 1쇄 인쇄일	2016년 10월 10일
초판 1쇄 발행일	2016년 10월 14일
지은이	이승욱
펴낸이	최길주
펴낸곳	도서출판 BG북갤러리
등록일자	2003년 11월 5일(제318-2003-00130호)
주소	서울시 영등포구 국회대로72길 6, 405호(여의도동, 아크로폴리스)
전화	02)761-7005(代)
팩스	02)761-7995
홈페이지	http://www.bookgallery.co.kr
E-mail	cgjpower@hanmail.net

ⓒ 이승욱, 2016

ISBN 978-89-6495-098-2 03810

이 도서의 국립중앙도서관 출판시도서목록(CIP)은 e-CIP홈페이지(http://www.nl.go.kr/ecip)
와 국가자료공동목록시스템(http://www.nl.go.kr/kolisnet)에서 이용하실 수 있습니다.
(CIP제어번호 : CIP2016023455)

이승욱 추리소설

침묵의
그림자

BG 북갤러리

차례

서장 · 7

1. 계산된 조력자 · 13

2. 혼돈 · 25

3. 결점 · 38

4. 슬픈 이별 · 54

5. 숨은 그림 찾기 · 62

6. 위험한 접근 · 71

7. 허황된 욕심 · 82

8. 또 다른 살인자 · 131

9. 붉은 눈물 · 169

10. 침묵의 그림자 · 199

종장 · 210

작가의 말 · 234

서장

　나는 3년 전부터 늘 악몽에 시달리며 밤잠을 이루지 못하고 있다. 불안하고 나약한 심리상태가 그것을 증명하듯 오늘도 괴로운 악몽에 눈을 뜨고, 방 천장을 쳐다봤다. 밖은 아직도 깜깜한 밤. 난 침대에서 힘없이 일어나 거실로 나서며 식탁위에 먹다 남은 컵의 물을 단숨에 마시고 TV 리모컨을 작동시켰다.

　"그럼 이 사회의 흉악범들에겐 인권이 필요 없다는 말씀이십니까?"

　TV의 볼륨을 작게 했는데도 40대 중년으로 보이는 여성이 흥분된 목소리로 한 사람에게 말한다.

　흉악범이라는 이 한마디에 나는 소파에 몸을 기대고 이들이 나누는 대화를 듣기로 했다.

　인권위 간사 : "흉악범도 우리와 같은 인간입니다. 그러므로 그들도 비록 죄가 있다고 해서 차별하거나 인권이 무시되어서는

결코 있을 수 없는 일입니다."

외과의사 오공훈 : "지금 인권이라고 말씀하셨습니까? 인권이란 이 사회에서 일관성을 지키는 사람들만이 받아야 하는 창과 방패와 같은 존재여야 하는 것입니다. 다른 사람의 목숨을 본인들의 쾌락만을 위해서 법질서를 뒤흔드는 인간이 무슨 인간적 가치가 있다고 그렇듯 무책임한 말씀을 하시는지 도무지 이해가 가질 않습니다."

TV 속 세 사람은 아마도 지금 이 사회에서 내가 저지른 일들에 대해서 공개토론을 하는 것 같았다. 의사라는 저 사람은 나를 두둔하는 발언들을 서슴지 않고 내뱉으면서, 동시에 간접적인 동질감마저 든다. 저들의 토론이 어떻게 진행될까 참으로 궁금하다.

오공훈 : "저 개인적으론 이렇게 생각합니다. 그들의 죽음은 절대로 끔찍하거나 불필요한 죽음은 결코 아니라는 것이지요."

이 말을 들은 인권위 간사는 아까와는 더욱더 격앙된 목소리와 몸짓으로 그 자리에서 일어나 오공훈을 향해 손짓까지 하며 열변을 토한다. 생방송이라는 것을 의식해서 본인의 유명세를 직·간접적으로 홍보하려는 느낌이 들었다.

사회자 : "자, 자! 진정들 하시고 제가 잠시 두 분의 말씀을 정리하겠습니다. '흉악범은 어디까지나 흉악범이라는 의사선생님의 말씀과 무슨 소리냐, 그들도 우리와 똑같은 인간이며 하나의 인격체이다.'라고 주장하시는 인권위 간사님의 말씀. 그런데 아무리 흉악범이라도 우리 사회가 잘 갱생할 수 있도록 도와준다면 다

시 새로운 우리들의 이웃이 될 수 있지 않을까요?"

사회자는 오공훈을 향해 질문한다.

오공훈 : "물론, 지금 사회자께서도 말씀하셨습니다. 그들도 새 삶을 찾을 권리는 분명히 있습니다."

"제가 주장하는 것도 바로 그 부분입니다."라고 앞사람의 말을 자르며 인권위 간사가 튀어나왔다. 이것을 본 사회자는 앞서 발언한 오공훈에게 발언권을 주겠다며 답변을 이어가라고 손짓했다.

TV 화면이 오공훈의 단독 샷으로 화면 전체를 그의 얼굴로 담았다.

오공훈 : "우리의 사법체계는 현실성과는 도무지 이해가 가질 않습니다. 사람이 사람을 잔인하게 죽이고, 주변 사람들을 공포 속으로 몰아넣는 그런 흉악범들에게 인격체로 대해주라고요? 물론 그 중에는 본인의 죄를 진정한 마음으로 뉘우치며 다시 착한 우리의 이웃으로 돌아오는 경우도 있습니다. 그러나 그보다 한 통계에 따르면 흉악범의 약 75퍼센트가 다시 흉악한 범죄자로 돌아간다고 합니다. 무려 75퍼센트가 말입니다."

사회자 : "그럼 의사선생님께서는 무조건 흉악범들을 모조리 사형시켜야 법질서가 유지된다고 보십니까?"

오공훈 : "물론입니다. 법은 강력해야만 그 법을 따르고 지킬 수 있는 유일한 방법이라고 생각합니다. 한 예로, 싱가포르에서는 주변에 휴지를 함부로 버리면 우리나라 돈으로 30만 원의 벌금을 그 자리에서 부과하고, 사회질서를 뒤흔든 사범에게는

더욱더 크고 가중한 법의 힘으로 그 책임을 묻습니다. 역시 흉악범에게도 예외란 없겠죠!"

사회자 : "듣고 보니 의사선생님께서는 투철한 법질서의식이 누구보다도 강하신 것 같은데, 만약에 의사선생님께서 법을 집행할 수 있는 큰 힘을 가졌다면 어떻게 하실지 궁금합니다."

이 말을 들은 오공훈은 조금의 망설임도 없이 머릿속에 이미 준비된 대본을 읽듯 정확하고 똑바른 발음으로 답변을 이어간다.

오공훈 : "아무리 강력한 법이 있다고 하더라도 흉악한 범죄는 결코 없어지지 않는다는 사실을 저도 잘 알고 있습니다. 그러나 조금이라도 예방할 수 있고, 또한 조금은 줄일 수도 있습니다. 최소한 사형 제도를 적극적으로 제도화하여 남의 목숨을 빼앗은 자 역시 그의 목숨도 빼앗는다는 단순하고도 당연한 진리를 견고히 다지는 것입니다."

이때, 인권위 간사가 다시 오공훈을 향해 질문을 던졌다.

인권위 간사 : "미국의 한 통계를 보면 어느 주에서는 사형 제도가 있지만 계속해서 흉악범들은 늘어난다는 통계가 나오고 있습니다. 거기에 대해서는 어떻게 생각하시나요?"

질문을 받은 오공훈은 여유 있는 미소를 지으며 답한다.

오공훈 : "아주 좋은 질문입니다. 이왕에 흉악범들이 계속해서 늘어난다면 그 흉악범이 형기를 다 마치고 다시 사회로 복귀해 또 다른 우리의 이웃들이 범죄에 피해를 본다는 확률은 조금이라도 존재합니다. 그러나 처음부터 그 흉악범을 사형시킨다면 최소한 다시 사회로 복귀한 흉악범의 범죄는 피할 수 있다는 계

산이 나옵니다. 더 자세히 설명하자면 새로운 흉악범이 생길지는 몰라도 기존의 죄를 지은 흉악범의 피해는 피할 수 있다는 확실한 근거가 되는 셈이지요.”

　　사회자：“예, 설득력이 있지만 얼마나 현실사회에서 적용이 될지는 의문입니다. 그럼 이제 시간이 다 되어 마지막 질문을 드리겠습니다. 만약, 경찰과 격투 끝에 잡힌 흉악범이 큰 상처를 입고 의사선생님이 계신 병원 응급실로 온다면 어떻게 하실 지가 무척 궁금합니다.”

　　TV를 지켜보던 이윤호 또한 사회자의 저 질문이 왠지 모르게 궁금했다. TV 리모컨의 볼륨을 높여 귀에 집중한다.

　　오공훈：“저에게 만약 그런 일이 일어난다면 의사로서의 양심과 히포크라테스의 정신에 입각해서 최선을 다해 그 흉악범을 치료할 것입니다. 그러나 아직 당해보지 못해서 잘은 모르겠지만 지금 이 토론을 보고, 듣고 계신 모든 시청자들께서는 제가 지금까지 주장한 내용들을 종합해 볼 때 저의 행동이 어떠할지 판단하셨으리라 생각합니다.”

　　사회자：“감사합니다. 늦은 시간까지 시청해주신 시청자분들께 다시 한 번 감사의 말씀을 전하며, 오늘의 방송은 여기까지입니다.”

　　문득, TV를 보며 이런 생각이 들었다.

　　내 삶은 나 스스로 특별한 삶을 사는 것도 아니며, 그렇다고 그 특별하지도 않는 삶을 거부한다고 해서 크게 달라지는 것도 아니라고. 내 목숨이 붙어 있는 한 이 일은 멈출 수가 없다는 것은 확실하며, 그것만이 내가 사는 목적의 의미이다.

이 세상에는 모두들 저렇게 법을 내세워 모든 일을 해결하려는 인간적 습성이 강하게 작용하고 있다. 그러나 나는 그렇게 생각하지 않는다. 인간이 만들어 낸 법이 존중받고 우선시되는 것보다, 바로 인간이 인간 스스로 가지고 있는 정의감이라는 강직함이 우선적으로 존중되어야 한다는 사실을 나는 믿고 싶다. 그러나 지금의 우리 사회는 그런 정의롭고 강직한 것이 아니라 살기 위해 몸부림치는 사람들은 늘 법의 보호를 받고, 법을 무기화하려고 한다. 그런 것에서 나는 안타까운 마음이 앞설 따름이다.

3년 전부터 가짜의 이름과 가짜의 삶을 살아 온 이윤호는 표면적으로는 다른 삶이라고 여기며 살아왔지만 그의 신념은 절대로 꺾이지 않았다.

3년 동안 그의 손에 죽임을 당한 수십 명의 흉악범들은 이 사회에서 없어졌지만 시간이 가고 해가 갈수록 그 흉악범들의 숫자는 더욱더 늘어나는 현상들이 발생했고, 그럴수록 이윤호는 본인 스스로 더욱더 그들보다 한 발 더 빠르고 진취적인 기상으로 그들을 제거하려는 단 하나의 목적에만 몰두했다.

1. 계산된 조력자

- 현재 시간 09 : 30 -

어느 한 교도소 정문에 선 이윤호는 높은 담장 사이로 줄지어 피어난 개나리 꽃망울을 보며 한 사람을 생각하고 있다. 유일하게 이윤호의 정체를 알고 있으며, 또한 그의 계산된 조력자 역할을 자청함과 동시에 그와의 의리를 지켜준 나이 어린 천재 해커. 이 천재 해커를 알게 된지는 3년 전 우연한 기회에 이윤호에게 돈을 받고 경찰정보국의 정보들을 팔았다. 이윤호는 그 정보를 이용해 흉악범들의 모든 정보들을 손쉽게 접할 수가 있었다.

그 해커는 홀어머니와 단 둘이 어느 허름한 달동네에서 생활하며, 극심한 가난과 어머니의 병수발로 인하여 중학교를 중퇴하고 일찍이 생활 전선으로 뛰어들어 힘든 길을 갈 수밖에 없었던 딱한 사정이 있었다. 그러나 어린 학생이 돈을 벌기란 그리 쉬운 일이 아니었고, 본인의 천재성을 불법으로 이용하여 지금 껏 살아왔지만 뜻하지 않게 이윤호의 행동으로 인하여 지금 저 담장너머로 1년간 아까운 청춘의 시간들을 허비하게 되었다.

－ 1년 전 －
어린 해커와 이윤호는 지하철 4호선 명동역 플랫폼 공중전화 부스에서 오전 11시 정각에 만나기로 했다. 그 당시 이윤호가 찾는 인간쓰레기의 정보를 찾아낸 녀석은 할 이야기가 있다며 그곳으로 약속장소를 정했고, 이윤호는 사람들이 많은 곳이 영 마음에 들지는 않았지만 중요한 정보를 얻기 위해서 녀석의 말 을 따를 수밖에 없었다.
잠시 후, 녀석이 이곳으로 왔고 이윤호는 준비된 돈을 건네며 한 장의 작은 쪽지를 받았다.
"묻고 싶은 게 뭔데?"
이윤호는 주변을 살피며 조용하고 무표정하게 녀석을 직시 했다.
"아, 참나! 뭐가 그리도 급하세요?"
그러면서 녀석은 살짝 웃어 보인다.
"다름이 아니라 아저씨 신상에 대해서 궁금한 것이 몇 가지 있어서요."

"너 같은 천재 해커가 나에 대해서 알아보는 것은 그리 어려운 일이 아닐 텐데……."

"물론 그렇게 해봤죠. 그런데 아저씨에 대한 정보는 그 어디에도 없었어요. 경찰정보국도, 출입국관리소도, 심지어 국정원에서도요. 아무리 뒤져봐도 아저씨 그림자조차 찾을 수가 없었어요."

이윤호는 다행이라는 표정으로 녀석을 쳐다봤다.

"그럼 그냥 그렇게 알고 있어. 너는 내가 필요한 정보만 나에게 주면 되고 난 그 수고비만 주면 우리의 거래는 잘 성립될 수 있으니깐."

그 말과 함께 이윤호는 여유 있는 표정으로 시계를 쳐다봤다.

"아저씨!"

" ……."

"전, 아저씨가 누군지 알아요!"

녀석의 말이 그냥 장난으로 하는 표정이 아님을 직감한 이윤호는 미간을 잔뜩 좁힌 얼굴로 녀석에게 이렇게 답변했다.

"내 정체를 진짜로 안다면 너 또한 살려둘 수가 없다."

녀석은 이윤호의 협박에도 조금의 흔들림 없는 표정으로 말한다.

"내가 이럴 때를 대비해서 만약에 삼일 안에 나의 중국인 해커에게 내가 살아있다는 메시지를 보내지 않으면 한 통의 메일을 경찰서로 보내라고 했어요. 그 메일에는 아저씨의 모든 정보가 들어있죠……."

" ……."

이윤호는 무엇으로 한 대 얻어맞은 기분이 들었다. 빨리 이 문제를 해결하지 않으면, 그가 앞으로 하려는 일에 크게 방해가 된다는 불안한 마음이 들었다.

"네가 원하는 것이 뭔가?"

긴장과 두려움이 동시에 작용하며 물었다.

녀석은 아이 같은 순박한 표정으로 말한다.

"원하는 것은 없어요. 아저씨는 아저씨 일을 하면 되고, 전 제 일을 하면서 그렇게 서로 필요한 것들을 주고받으면 되니까요."

녀석의 말을 믿을 수는 없지만 이윤호는 그래도 지금 이 순간에는 어찌할 방법이 없었다.

"좋아! 너를 한 번 믿어보겠다."

"하하하! 고맙습니다. 그러는 의미에서 제가 점심 사겠습니다. 아침을 물로 채웠더니 오줌만 마렵네요. 수유역에 가면 제가 단골로 가는 선짓국집이 있는데 아주 맛있습니다. 같이 가실 거죠?"

이윤호는 지금 녀석과 함께 밥을 먹을 기분이 아니었다. 그러나 그도 아침을 못 먹고 나와서 무엇인가 끼니를 때우고 싶은 생각이 들었다.

"좋아!"

그렇게 녀석과 이윤호는 수유역으로 가는 4호선 지하철을 타고 두 정거장을 지났다. 그 무렵 문이 열리고 주변에서 흔히 볼 수 없는 복고풍의 희한한 집합체로 무장을 하고 조잡스러운 복장을 한 이십대 후반의 남자가 담배를 피우며 바로 그들이 있는 열차 칸으로 들어왔다. 담배연기는 이곳 열차 안의 공기를 빠르게 오염시키며 주변 승객들에게 불쾌감을 주었다. 하지만 누구 하나 나서서 그에게 말하는 이는 한 명도 없었다.

잠시 후, 보다 못한 칠십대 할머니께서 그에게 다가가 정중히 담배를 꺼달라고 말하자, 그는 아무런 대꾸도 없이 다시 담배를 피우며 모든 승객들을 무시했다. 그러자 이번에도 할머니께서 "이봐, 젊은 양반. 담뱃불 좀 끄면 안 되겠나?" 하고 약간의 언성을 높이셨다. 그러자 그는 인상을 심하게 쓰며 "씨발! 뭔 참견이야, 늙은이가." 하며 할머니에게 욕설과 함께 힘없는 노인을 발로 찼다. 그러자 할머니는 이미터 가량 굴러 바닥에 넘어지셨고, 그것을 본 주변 사람들은 모두들 구경만 할 뿐 아무런 조치도 취하지 않으려 했다. 그렇게 하는 것이 본인들에게 피해를 줄이는 일이라고 믿었는지 서로들 모르는 척, 못 본 척하며 방관만 하고 있을 때 이윤호가 나서기 시작했다. 그때, 누군가가 이윤호의 한 팔을 잡으며 "뚱딴지같은 생각 마세요." 하며 불안한 표정으로 앞을 가로막았다.

바로 몇 분 전만 해도 지하철 안의 사람들은 저마다 익숙하고 따분한 일상에서 지루하게 느끼는 표정으로 휴대폰을 보며 그렇게 조용히 모든 일이 무사히 끝나는 줄 알았다. 그러나 그것은 곧 깨지고 말았다.

"할머니 괜찮으세요?"

이윤호는 할머니를 부축하여 빈 의자에 조심스럽게 앉혔다. 할머니께서는 발로 맞은 배를 만지며 눈물을 흘리고 계셨고, 이윤호는 억누를 수 없는 불쾌함과 적개심이 본인 스스로도 놀랄 정도로 분출하고 있었다. 그러나 인내라는 심판관의 저지로 어금니를 꽉 깨물고 할머니의 눈물을 닦아드렸다.

이때, 놈이 피우던 담뱃불을 이윤호에게 던졌다. 이윤호는 놈에게 천천히 다가가 눌러 쓴 모자를 살짝 올리며 말했다.

"당장 할머니께 정중히 사과해라. 그렇지 못한다면 넌 오늘부터 평생 불구자로 살게 만들어주겠다."

이 말을 들은 놈은 주머니에서 꺼낸 새 담배에 다시 불을 붙이며 "병신 육갑떨고 있네."라며 여전히 주변 사람들을 위협하고 있다.

상대는 이윤호의 경고를 단순한 소극적인 공격으로 넘기려하는 것 같았다. 맥박이 빨라지고, 보이지 않는 손이 이윤호의 숨통을 조여 오는 것 같은 느낌으로 거친 숨을 몰아쉬며 드디어 인내심의 심판관도 뒤로 물러선 상황이 되어버렸다.

조심히 놈 앞에 다가간 이윤호가 말했다.

"네가 하는 협박이란 그렇게 하는 것이 아니다. 마지막으로 기회를 주겠다. 할머니께 정중히 사과하고 당장 담뱃불을 꺼라. 그러면 넌 평생 온전한 몸으로 살 수 있을 것이다."

"그렇게 못한다면?"

한 발짝 뒤로 물러서며 그는 허리춤에서 작은 칼을 이윤호에게 내밀었다. 이것으로 놈은 이윤호의 경고를 받아들이지 않을 심산이라는 것이 증명됐다.

"너야말로 온전한 몸으로 집에 가고 싶으면 입 다물고 당장 저 늙은이 데리고 꺼져! 카악, 퉤!"

놈은 사나운 얼굴로 이윤호에게 가래침을 내뱉었다. 이윤호는 얼굴과 목 사이에 묻은 가래침을 한 손으로 쓸어 닦으며 말했다.

"지금부터 일어난 일들은 모두 네가 자초한 일이니 나를 크게 원망하거나 후회하지 않기를 바란다."

그러면서 이윤호는 옷 속에 숨겨놓은 손도끼를 꺼내며 일정한 거리를 유지했다. 그러나 이상하게도 이윤호는 도끼의 날카로운 앞면이 뒤로 가고 뭉뚝한 뒷면이 상대를 향하게 잡았다.

괴이쩍은 분위기가 전해지자 주변의 승객들이 서둘러 다른 곳으로 이동하며 순식간에 쥐죽은 듯 조용해졌다. 그러면서 어느 여고생이 자신의 스마트폰으로 이곳의 상황을 찍고 있었다. 누구나 곤란한 상황을 겪게 되면 방금 나간 다른 승객들처럼 무조건 그 자리를 피하고, 모르는 척하려는 심리적 운동이 반사되어 스스로를 보호하려고 한다. 그러나 저 여고생은 무슨 생각으로 아직도 남아서 이들의 싸움을 기록으로 남기려하는지 궁금했다. 훗날, 이 여고생이 찍은 1분짜리 동영상은 이윤호의 인생에 있어서 엄청난 전환점을 가져다준다.

두 사람 모두 위협적인 살상력을 줄 수 있는 무기들로 서로의 약점과 서로의 순간들을 저울질하고 있을 때, 이윤호 뒤에 있는 어린 해커는 여전히 불안한 표정으로 이 상황을 지켜보고 있었다. 그리고 의자에 앉아계신 할머니는 모두들 그만두라고 하시며 울고 계셨다.

팽팽한 긴장감 속에서 둘 중 누구 하나가 쓰러져야 끝이 나는 이 싸움에서 놈이 먼저 이윤호에게 정면으로 들어왔다. 놈은 복부 쪽을 노린 듯 오른쪽 팔을 빠른 속도로 길게 뻗으며 칼끝을 세웠다. 순간 이윤호는 상대의 칼을 든 손목을 도끼로 내려쳤다. 그러나 워낙 빠른 놈의 손놀림에 그만 허공을 내려치고 다시 물러서 상대를 노려보며 호흡을 가다듬었다.

'칼을 다루는 솜씨가 보통이 아니다. 조심하지 않으면 당할 수 있겠는걸.'

상대는 이런 이윤호의 마음을 직감했는지 가지고 있던 칼을 양손에 번갈아 옮기며 조롱하는 표정으로 들어오라는 손짓을 하고 있다. 그런데 이때 열차가 우측으로 회전하자 상대는 중심을 잡으려 손잡이에 손을 뻗었고, 이윤호는 이 순간에 쓰고 있던 모자를 상대의 얼굴에 집어던졌다. 그러자 얼굴에 모자를 맞은 상대는 갑자기 뒤로 물러났고, 이윤호는 이때를 놓치지 않고 가지고 있는 손도끼의 뭉뚝한 뒷부분으로 왼발 무릎을 있는 힘껏 가격했다.

'퍽!' 하는 소리와 함께 왼쪽 무릎의 하얀색 뼈가 찢어진 바지 사이로 돌출돼 있었으며, 그 사이로 붉은색 피가 흘러나오고 있었다. 그 자리에 주저앉아 한쪽 무릎을 두 손으로 부여잡은 놈은 고막이 터질 듯한 큰소리로 이윤호에게 욕설을 내뱉고 있다.

'나에게 욕을 해서라도 너의 고통을 줄여줄 수 있다고 생각한다면 겸허히 그 저주를 받아주겠다. 그러나 지금 그런 저주 따위가 너에게 아무런 도움이 안 된다는 사실을 너 또한 잘 알고 있을 것이다.'

곧이어, 다음 역에 도착한 열차의 문이 열리고 어린 해커의 눈빛에는 후회와 질책의 기미가 가득한 채 어금니를 꽉 깨물고 빨리 도망치라는 듯 턱으로 출입문 쪽을 여러 번 가리킨다. 옆의 할머니 또한 여전히 걱정스러운 표정으로 눈물을 흘리시며 "어여 도망가 젊은이. 괜히 나 때문에 신세 망치지 말고 어여 도망가! 빨리……." 하며 애원하듯 말했다.

이윤호는 무릎이 꺾여 고통스럽게 소리치는 놈 옆에 떨어져 있는 모자를 주워 눌러쓰고는 재빨리 그 자리를 빠져나왔다.

다음날 아침부터 각종 TV뉴스와 인터넷 검색어에서는 '지하철 손도끼'라는 제목의 동영상이 실시간 검색어 1위를 차지하며 여러 사람들의 입방아에 오르기 시작했다. 아마도 그곳의 상황을 찍고 있었던 겁 없는 어느 여고생이 올린 것으로 짐작이 됐다. 덕분에 이윤호는 더욱더 바깥활동에 주의를 기울여야 했고, 그곳에 있었던 어린 해커는 이윤호를 은닉한 죄로 그리고 보너스로 본인의 불법 해커 짓이 발각이 되어 1년간 이곳에서 옥살이를 했던 것이다.

비밀을 끝까지 지켜주며 의리를 견고히 다진 덕분에 이윤호는 녀석의 병든 어머니를 큰 병원에 모셔서 지금까지 치료를 해드렸고, 다행히 병은 많이 호전되었다. 그런 녀석의 어머니는 빨리 아들을 보고 싶어 하신다.

이렇게 어린 해커와 이윤호는 떼려야 뗄 수 없는 계산된 조력자로 자신의 일부분을 차지하게 됐다. 그렇게 서로의 의리를 지켜지리라 굳게 믿으며 1년이 지난 지금 이윤호는 그를 맞이하러 이곳에 와있다.

정각 10시가 돼서야 굳게 닫힌 문이 열렸다. 얼굴이 하얗고 삐쩍 마른 자신의 계산된 조력자가 쏟아지는 태양빛이 눈부신 듯 한쪽 손으로 두 눈을 가리며 이윤호를 향해 닦지도 않은 누런 이를 드러내면서 웃어 보이고 있다. 이윤호는 천천히 다가가 미리 준비한 두부를 검은색 비닐봉지에서 꺼내어 그에게 건넸다.

"뭐예요, 이게! 피자나 햄버거를 사오시지. 전 콩으로 만든 요리는 절대로 안 먹어요. 왠지 아세요? 그건, 저곳에서 평생 먹을 콩을 1년 만에 다 먹었거든요."

"농담을 하는 것을 보니 대문 튼튼한 저 집이 꽤 괜찮았나 보지?"

그렇게 서로는 옅은 미소를 주고받았다.

"고생 많았어. 꼬마!"

"고맙습니다. 제 어머니를 보살펴주셔서. 그리고 저 꼬마 아니에요. 이젠 이십대가 됐다구요……."

두부를 한 입 크게 물어 씹은 녀석은 그것을 억지로 삼키며 "아, 맛없어. 아저씨! 맛있는 것 좀 사다주세요. 배가 무지 고파요. 어제 저녁부터 아무것도 안 먹었더니 지금 뱃속 기생충들이 모두 굶어 죽기 일보직전이라구요." 하며 이윤호의 옷자락을 붙잡으며 흔들고 있다.

그러면서 꼬마는 이윤호의 차 조수석에 앉아 무엇을 찾는지 주변을 두리번거리며 묻는다.

"아저씨! 뭐 들을만한 노래 없어요?"

시동을 걸고 기어를 넣은 이윤호는 아무런 대답 없이 옅은 미소만 짓는다.

"아, 뭐 이래……. 음악도 못 듣고."

그러면서 라디오 버튼을 누르며 이리저리 주파수를 잡고 있다.

"안녕하세요. 박지현의 골든디스크입니다."

주파수가 잡혔는지 꼬마는 의자에 등을 기대고 다리를 꼬며 습관적으로 한쪽 다리를 조금씩 떨고 있다.

"박지현의 골든디스크. 팝송인가? 아저씨, 이 프로 뭐에요?"

이윤호는 다시 옅은 미소와 함께 답한다.

"들어보면 알잖아."

"오늘 밖에 개나리가 활짝 피어서 노란 길가를 지나가는데 그 길로 노란 옷을 입은 유치원생들이 줄지어 걸어가고 있었습니다. 어찌나 예쁘고 귀여운지……."

방송을 들은 꼬마는 차창 밖을 쳐다보며 "진짜 개나리가 폈네." 하며 웃는다.

"애청자 여러분들, 오늘도 노란 개나리와 함께 예쁜 하루 시작하시면서 모든 근심, 걱정들은 다 물러나라고 '제시카의 굿바이' 선곡으로 잡았습니다."

라디오에서 음악이 흘러나오자 꼬마는 상반신을 모두 차창 밖으로 빼고는 자신이 살았던 큰 집을 향해 외친다.

"이봐, 나도 굿바이야! 앞으로 그 담벼락 높은 집에 새 식구들 들어오면 잘 좀 돌봐주라고……."

2. 혼돈

일주일 후, 이윤호는 서울의 한 변두리 작은 골목길 주차장에 몸을 숨기고 오늘 분리수거를 해야 할 인간쓰레기를 기다리고 있다.

이름은 최성철. 타인의 돈으로 주식투자를 했으나 모두 실패하고, 또다시 선량한 사람들의 돈으로 주식투자를 했으나 역시 크게 실패했다. 동시에 최성철에게 돈을 받지 못한 몇 명의 사람들은 자살을 했고, 또 다른 가정들은 파탄에 이르렀다. 사람으로서 받아야 할 권리와 행복을 모두 빼앗긴 그들은 하루하루 지옥과 같은 삶을 살아가고 있다. 그래서 오늘 이윤호는 그를 잡아 죗값을 치르게 할 심산이다.

시간은 어느덧 흘러 이미 해는 졌으며, 앞에 우두커니 서있는 낡은 전봇대 위에 가로등만이 이곳의 적막함을 지켜주고 있었다.

이때, 저 멀리서 한 사람이 힘없는 발걸음으로 주변을 살피며 손에는 작은 봉지를 들고서 이윤호가 숨어있는 주차장 쪽으로 서서히 다가오고 있었다. 이윤호는 그 사람의 모습이 최성철이라는 것을 직감적으로 감지하고는 불쑥 그의 앞을 가로막으며 "이봐, 최성철. 어딜 그렇게 바쁘게 가시나?" 하며 깊게 눌러쓴 모자를 살짝 올리면서 무서운 눈매로 노려보고 있다.

" ……."

최성철은 도망을 가려고 몸을 좌우로 돌려 틈을 살피고 있었으나 이내 이윤호가 총을 내밀며 "허튼 수작부리면 저승길이 더 빨라질 뿐이다."라며 막아섰다. 이 말과 동시에 좀 전에 켜져 있던 낡은 전봇대의 가로등은 수명이 다 되어 가는지 깜빡이며 상기된 두 사람의 모습을 동시에 비추고 있다.

이윤호는 늘 같은 방법으로 인간쓰레기들을 분리수거하듯, 주머니에서 강력한 순간접착제를 놈에게 던졌다.

"그걸 입술에 바르고 마지막 기도를 해서 네가 잘못한 일에 대한 반성을 해라. 그리고 다시 태어난다면 보다 착하고 성실한 인간으로 태어나 좋은 사람이 되기를 바란다."

그러면서 웃옷 안에 있는 손도끼를 살며시 꺼내며 그를 노려보고 있다. 아직 저녁이라곤 하지만 주변에는 드문드문 사람들 소리와 차량의 엔진소리도 함께 들려왔다.

'시간을 지체할 수가 없다.'

이윤호는 빨리 입술에 강력접착제를 바르라는 손짓을 했다. 그것을 집어든 최성철이 눈물을 흘리며 서서히 뚜껑을 열고 접착제를 입술에 바르려는 순간, 가까운 곳에서 인기척이 났다. 그리고 곧 이곳으로 오는 소리가 들리기 시작했다. 이윤호는 잠시 한 발 물러서고는 인기척이 나는 곳을 향해 몸을 돌리며 동시에 최성철의 동작을 주시했다.

깜빡이는 가로등 사이로 아주 작고 약해보이는 어린 꼬마아이가 누구를 찾는지 이곳저곳을 두리번거리며 그들이 있는 곳으로 다가오고 있었다.

"아빠!"

그 아이는 이윤호 앞에 우두커니 눈물을 흘리며 서있는 최성철에게 달려가 반가운 듯 안긴다. 반가운 아이의 표정과는 달리 아빠의 눈물을 본 작은 아이는 왜 우냐며 작고 앙증맞은 두 손으로 아비의 눈물을 닦아주고 있다.

이윤호는 어린 아이를 보는 순간 지금까지 극복해 왔던 모든 두려움들이 물밀 듯 밀려왔다. 평소에 놀란 심장박동수보다 심장이 몇 배는 더 심하게 요동치며, 온 몸의 활동이 정지되듯 일순간 딱딱하게 굳어지는 것을 느꼈다. 이런 상황이 올 줄은 상상도 하지 못했다. 이윤호는 내면에서의 두려움과 긴장감이 서로 뒤엉켜 어찌해야 할지 멍하니 서서 양손에 들고 있던 총과

도끼를 얼른 뒤로 감추고는 점점 가까이 다가오는 아이를 피해 조심스럽게 최성철의 주변을 벗어나려 했다. 그때 아이는 처음 보는 이윤호에게 친숙감이 들었는지 해맑은 미소를 지으며 인사를 한다. 두 손을 배꼽에 대고는 "안녕하세요?" 하며 고개를 숙이자, 이윤호 또한 "응⋯⋯. 그래⋯⋯. 아, 안⋯⋯녕!"이라고 했다. 그사이 작은 피자배달 스쿠터가 그들이 서있는 곳에 뿌연 매연을 내뿜으며 지나갔다. 동시에 깜빡이던 낡은 전봇대의 가로등이 깜빡임을 멈추고는 밝은 빛을 내며 그들의 모습을 비춰주었다.

순간, 밝은 빛에 아이의 얼굴이 정확하게 보였고, 그 중에 작고 파란 입술이 이윤호의 시선을 사로잡았다.

"수⋯⋯ 수영아!"

3년 동안 머릿속에 각인되었던 과거의 슬픈 기억이 되살아났다. 다섯 살로 보이는 키가 아주 작은 여자아이는 작은 얼굴에 파란색의 입술을 가졌으며 자신의 아버지를 찾아 여러 곳을 헤매었는지 거친 숨을 몰아쉬고 있었다.

"수영이? 저는 수영이가 아니라 최선희입니다."

마른 침을 목의 식도 사이로 넘기려했으나 이윤호는 그것이 몇 년간 본인이 갖지 못했던 두려움과 긴장감을 증명하듯 순식간에 얼음처럼 굳어버린 자신의 몸을 느낄 수가 있었다.

이윤호는 잠시 호흡을 가다듬고는 최성철에게 이렇게 말한다.

"내일 오전 11시까지 이곳으로 아이를 두고 혼자 나와라! 아이를 위해서, 네 자신을 위해서 그리고 모든 피해자들을 위해서."

창밖에 조용히 내리던 빗소리가 갑자기 거세지기 시작했다. 이윤호는 자리에서 일어나 굵어진 빗줄기 때문에 시야가 흐려 제대로 앞이 보이지 않았다. 그러나 무슨 깊은 생각을 하는지 그렇게 한동안 보이지 않는 창밖을 우두커니 서서 바라보고 있었다.

'아버지의 잘못으로 자식까지 벌을 받아야 한다는 타당성은 어디에도 통용되지 않는 일이다.'

전에 느끼지 못했던 이질감과 이율배반적인 혼돈감이 이윤호의 머릿속에서 어지럽게 휘몰아쳤다. 이윤호 자신의 정체성과 양심이라는 작은 씨앗 사이에 또 다른 일관성이 무너지기 시작한 것이다.

다음날, 아침 일찍 이윤호는 차를 몰고 목적지도 없는 거리를 달리기 시작했다. 밤사이 한숨도 잠을 이루지 못했으며, 아무것도 손에 잡히지가 않았다.

무작정 차를 몰고 아무 길이나 운전을 했지만 사막 한가운데서 조난당한 사람처럼 이윤호가 갈 길을 잡지 못하고 있을 때, 먼 들판에 한 암자가 눈에 보였다. 그는 그곳으로 최면에 걸린 듯 아무런 생각 없이 핸들을 꺾고는 암자 앞에 당도했다.

조용하고 아담한 이 작은 절에서 오십 세 정도로 보이는 키가 작고 인자한 관상을 가진 스님께서 마당에 있는 잡초들을 낫으로 베고 계셨다. 갑자기 낯선 사람이 왔는데도 스님께서는 모자를 쓴 채 마당의 잡초를 베는 데 열중이셨다.

이윤호는 조심스럽게 다가가 스님께 인사를 하며 합장을 했다.

"안녕하세요?"

스님은 쓰고 있던 모자를 살짝 벗으며 뒤를 돌아본다. 가지고 있던 낫을 바닥에 내려놓고는 이윤호를 향해 합장을 하며 "어서 오세요." 하고 답례를 한다.

'이것이 몇 년 만에 느껴보는 낯선 사람의 따뜻한 인사말이란 말인가.'

"문득 이곳이 눈에 보여서 이렇게 허락도 없이 찾아왔습니다." 하고 조심스럽게 말을 올리자, 스님은 "이곳은 아무나 올 수 있는 곳입니다. 아주 잘 오셨습니다. 자, 어서 저 안으로 들어갑시다." 하며 이윤호를 법당 안으로 안내했다.

법당으로 들어가자 찌꺼기처럼 남아있던 이윤호의 복잡한 감정들이 차츰 가라앉기 시작했고, 보이지 않는 안정감과 안락함이 자신의 몸속으로 스며들어왔다.

잠시 후, 스님께서는 도자기로 만든 예쁜 잔에 녹차를 담아

내밀며 "무슨 고민으로 여길 찾아오셨습니까?" 하고 물었다.

이윤호는 스님이 준 잔의 녹차를 조심스럽게 입에 대며 방 안 주변을 살피기 시작했다.

정중앙엔 인자하신 부처님이 금빛 옷을 입고 앉아계셨고, 그 아래에는 영정사진으로 보이는 수십여 개의 사람들의 얼굴이 있었다. 그런데 이윤호는 그 영정사진들 속에서 어느 한 영정사진에 시선이 고정되었다.

'아니, 어떻게 저 사람의 영정사진이 이런 곳에……'

"차 맛이 괜찮으십니까?"

이윤호는 그제야 본인이 왜 이곳에 왔는지 스님의 얼굴을 쳐다보며 "스님, 용서란 무엇입니까?" 하고 물었다.

갑작스러운 질문에 스님은 "용서요? 그것은 기회라 말씀 드릴 수도 있겠군요?" 하며 말문을 열었다.

"기회란, 기회를 받을 자격이 있는 사람들에게만 받을 수 있는 것이 아닌가요?"

"아닙니다. 기회란, 모든 이들에게 주어질 수 있는 용서와 사랑이라 할 수 있습니다."

"그럼 이 세상에 인간으로 태어나 인간이 할 수 없는 짓을 저지른 흉악범들에게도 그 기회와 용서를 줘야 한다는 말씀이십니까?"

이윤호는 조용히 스님의 얼굴만 바라보며 다시 잔을 입에다

가져갔다.

"그것이 부처님의 가르치심입니다. 나무관세음보살."

이 말을 들은 이윤호는 마시던 찻잔을 접시에 조심히 내려놓고는 다시 물었다.

"방금 전 스님께서는 밖에 있는 잡초들을 낫으로 모두 제거하셨는데 인간에게 또는 주변에 저 잡초와 같이 쓸모없는 인간들도 모두 제거해야 하지 않겠습니까? 사람이 사람을 잔인하게 죽이고 평생 씻을 수 없는 고통을 주는 그런 인간들에게도 저 잡초와 같이 없애면 안 되냐는 말입니다, 스님."

스님께서는 조용하고 인자하신 표정으로 이윤호를 바라보며 답했다.

"예, 맞습니다. 잡초는 어디에도 도움이 되지 못하고, 별 쓸모가 없는 식물입니다. 좀 전에 제가 낫으로 잡초를 제거하면서 그 뿌리는 뽑지 않았습니다. 그 이유는 만약에 여기 있는 잡초들의 뿌리까지 뽑아 없앤다면 나중에 비가 오거나 추운 겨울에 땅이 얼었다 녹으면 온통 진흙 밭으로 변하고 말겠지요. 그렇지만 그 쓸모없는 잡초의 뿌리가 땅속에 박혀있으면 그것이 서로 땅을 지탱해주고 건조한 날씨에도 흙먼지를 덜 날리게 되겠지요. 그래서 당장 필요 없는 잎들만 베어버리고 그 뿌리는 보존해 두고 조금씩 자라면 그때만큼만 잘라내곤 합니다. 인간도 마찬가지라고 생각합니다. 비록 나쁜 일을 했다고 해서 모조리 잡초의 뿌리를 뽑듯이 뽑으면 그것으로 끝입니다. 다시 한 번 그 사람에게 기회를 주어 그 죄를 뉘우치고 반성하게 한다면 우리들의 소중한 이웃으로 돌아올 수 있을 것입니다. 죄를 꾸 짖고, 벌은 주되 그가 가지고 있는 인간의 착한 뿌리는 어딘가 에 숨어있기 때문입니다. 나무관세음보살."

스님께서는 모두 긍정적이며 진보한 말들로 이 세상의 이치를 이윤호에게 깨우쳐주려고 하셨다. 그러나 이윤호는 쉽게 스님의 말씀이 이해가 가질 않았다.

"저는 이해할 수가 없습니다, 스님."

약간 힘이 들어간 목소리로 말을 이었다.

"이곳은 신성한 곳입니다. 산 사람과 죽은 사람들이 모두 좋 은 길로 갈 수 있도록 부처님께서 보살펴주시는 그러한 곳이지 요. 그런데 이렇게 신성한 곳에 인간이기를 포기한 인간쓰레기 도 지금 와있습니다."

그러면서 한쪽 손으로 흉악범의 영정사진을 향해 손가락질을 하며 말했다.

"저기 보이는 저 자는 얼마 전 부녀자를 자식이 보는 앞에서 강간을 하고 돈을 빼앗아 달아났습니다. 지금 부처님께서 선량 한 사람의 영혼과 흉악한 짓을 한 저 자의 영혼을 동시에 보신 다면 과연 어떤 말씀을 하실 지가 무척이나 궁금합니다."

이 말을 들은 스님은 약간은 긴장한 듯 고개를 돌리며, 조용히 눈을 감고서 말을 잇는다.

"용서할 수 없고, 화해하기 힘든 일을 한 사람에게 우리들은 복수나 죄를 물으려하지요. 그것이 그러면 그럴수록 서로가 증오와 시기를 더욱더 키워 끝내는 서로가 큰 파멸로 갈 수밖에 없을 것입니다. 나무관세음보살."

"조금은 흥분한 마음으로 스님에게 무례하게 말씀드려 죄송합니다."

이윤호는 고개를 숙였다.

"아닙니다. 제가 손님께 작은 선물을 할까 하는데 잠시만 여기서 기다려주십시오."

스님은 조용히 밖으로 나가셨다.

잠시 후, 스님께선 작은 상자에 녹차 잎을 담아서 이윤호에게 건넨다.

"마음이 불편하실 때 조금씩 타서 마시면 조금은 위안이 되실 것입니다. 그리고 다음에 꼭 한 번 다시 이곳에 찾아오신다고 약속해 주실 수 있으십니까?"

말을 끝낸 스님은 인자한 표정으로 이윤호를 바라본다.

"꼭 다시 스님을 찾아뵙겠습니다."

상자를 건네받은 이윤호는 두 손 모아 스님께 합장을 하고 그곳을 나왔다.

무신론자인 이윤호는 답답함을 해결하려 어떤 예언자에게 조언을 구하는 마치 순례자가 된 기분이 들었다. 그러나 그는 이곳에서 한 가지 답을 얻고 가는 것만은 확실했다. 그리고 그 답은 잠시 후, 만날 어제의 인간쓰레기에게 적용되었다.

어제 약속한 시간과 장소에 최성철이 미리 와서 이윤호를 기다리고 있었다. 이윤호는 그를 조수석에 태우고 한적한 곳으로 차를 몰았다.

잠시 후, 도착한 곳은 어느 쇼핑센터의 주차장. 도심지와 약간 떨어진 거리에 있는 이곳은 넓은 건물에 비해 사람들이 붐비지 않고 주차장 또한 많은 곳이 비어 있었다. 차에 시동을 끄며 이윤호는 최성철에게 차분한 어조로 말을 이어갔다.

"지금부터 내가 하는 말을 잘 들어라. 넌 어제 내 손에 죽었어야 하는 인간쓰레기다. 그러나 너의 병든 딸을 보는 순간 3년 전 불쌍하게 죽은 수영이라는 아이가 생각이 났다. 그 수영이도 네 딸처럼 심장이 아파서 늘 숨이 차고 괴로워했지만 내가 만들어준 가면을 쓰면 언제 아팠는지 힘차게 뛰어놀았던 천사 같은 아이였다. 내가 너에게 기회를 주겠다. 그 기회란 너는 경찰에 자수하는 것이다. 경찰에 자수는 하지만 너의 딸에게는 돈을 벌러 멀리 외국에 간다고 말해라. 삼일 후 너와 나 그리고 병든 딸은 인천공항에서 마지막 작별을 하게 될 것이다. 네가 공항에서 진짜 외국에 가는 것으로 네 딸은 생각할 것이고, 그 딸의 미래와 너 자신의 미래를 위해서 넌 우리가 공항을 떠나면 바로 경찰에게 가야 한다. 그리고 네 딸은 내가 병을 치료해주고 네가 이 사회로 새 사람이 되어 다시 올 때까지 훌륭하게 키워놓겠다."

그러면서 미리 준비한 돈을 최성철에게 건넸다.

"이 돈으로 삼일 간 너의 딸과 즐거운 시간을 보내라. 만약에 다시 도망을 친다면 그땐 넌 내 손에 죽을 것이고, 너의 딸이 행복을 찾을 기회는 영원히 사라지게 될 것이다."

이윤호는 그 말과 함께 차에서 내리라는 표현으로 턱을 조수석 문 쪽으로 크게 흔들었다.

차에서 내리는 최성철의 얼굴에는 두 눈에서 눈물이 뺨을 타고 흘러내렸고, 아무런 말없이 이윤호가 준 돈을 집고는 차에서 내렸다. 차에 시동을 걸고 천천히 주차장을 빠져나오는 이윤호는 일생에 있어서 처음이자 마지막 예외를 가졌다. 또한 다른 한편으론 지금도 무사히 살고 있는 인간쓰레기들에게 반사적인 적개심은 아직도 확고한 신념과도 같다는 것을 잊지 않았다.

4일 후, 공항 내부에는 여기저기 트렁크 가방을 끌며 즐거운 표정으로 각자 가고자 하는 비행기의 탑승구 쪽으로 가는 사람들로 붐비고 있었다. 그런가 하면 창밖의 햇빛이 투명한 유리로 쏟아지고, 우아한 실내등과 조화를 이루며 빛을 뿜어내고 있다. 지난날, 한 인간쓰레기를 살해하고 그 알리바이를 완성하려 대만으로 출국한 기억이 잠시 이윤호의 마음을 흔들어 놓았다. 그러나 그때는 사람을 죽이고 이곳에 왔지만 지금은 사람을 살리려 이곳에 왔다는 사실에서 또 다른 이윤호의 정체성을 엿볼 수가 있다.

잠시 후, 아이와 최성철은 짧은 이별을 나누고 헤어졌다. 최성철 자신의 기구하게 뒤엉킨 삶을 넋두리하듯 슬프고도 고단한 그의 뒷모습이 그저 어린 자식을 혼자 두고 외로운 길로, 아니 죗값을 치루고 다시 새 사람으로 돌아와야 한다는 애끓는 심정으로 느껴져 이윤호 또한 편히 그를 볼 수만은 없었다.

최성철이 떠나고 공항을 나온 최성철의 딸과 이윤호는 공항 버스정류장의 작은 가게에서 작동 버튼을 누르면 고장 난 인형처럼 비틀거리며 움직이는 인형들을 봤다. 부자연스럽고 여기저기 방향을 잃은 저 인형들을 보니 앞으로 이 아이와 아버지의 쉽지 않은 미래가 될까봐 이윤호 스스로도 걱정이 되고 불안한 마음이 앞섰다. 그러나 이윤호는 약속했다. 그가 모든 형기를 마치고 다시 새 삶의 인생으로, 정직한 아버지로 돌아올 때까지 이 아이를 반드시 책임지겠다고…….

3. 결점

인간쓰레기들 중에는 늘 같은 수준의 흉악한 짓을 저지른 일들이 대부분이다. 그러나 오늘 분리수거를 하려는 인간쓰레기는 일주일 전 내연관계를 가지고 있던 어느 유치원 선생과 일년 간 사귀다, 갑자기 결별을 선언한 유치원 선생의 결심에 앙심을 품고 직접 유치원으로 찾아가 미리 준비한 휘발유로 창문과 출입문에 불을 질러 그 안에서 낮잠을 자고 있던 천사 같은 유치원 아이들과 교사가 모두 숨지게 한 만행을 저질렀다. 몇 년간 수십 명의 흉악범들 중에서 가장 잔인하고, 악질적인 이번 인간쓰레기는 여타 다른 분리수거 방법과는 차원이 다른 방법으로 그 죄를 물을 것이다.

시간은 새벽 두 시, 달조차 떠있지 않는 조용한 도심 외곽의 한 TV 경마장. 무허가 인터넷 경마를 운영하는 이곳은 마약에 중독된 사람처럼 눈의 초점을 잃은 여러 남녀들이 다음 경마 차례를 기다리는지 한 TV 모니터 앞에 힘없이 앉아 기다리고 있다. 그 중에 모자를 깊게 눌러쓰고 자신의 마권을 손에 들고 는 연신 줄담배를 피우고 있는 인간쓰레기의 모습이 이윤호의 눈에 들어왔다. 순간 이윤호는 어금니를 살짝 깨물고 밖으로 나와 놈이 나오기만을 기다리고 있다.

 그리고 두 시간 후 모든 돈을 잃었는지 허탈한 표정으로 출입문에서 나오는 인간쓰레기를 본 이윤호는 천천히 거리를 두며, 뒤를 쫓기 시작했다. 그렇게 약 십여 분을 쫓아갔을 무렵 주변에는 아무런 인기척이 나지 않고 허름한 세차장이 시야에 들어왔다. 놈은 갑자기 그곳에 멈춰 서서 담뱃불을 붙이려고 주머니에 손을 넣었다. 그때 "이봐! 인간쓰레기." 하며 이윤호가 놈의 등 뒤에서 말을 건넸다. 이 말을 들은 놈은 조심스럽게 고개만 뒤로 돌리며 두 손에 들고 있던 무언가를 이윤호에게 갑자기 힘껏 던졌다. 갑작스러운 놈의 행동에 피할 겨를도 없이 그대로 날아오는 놈의 작은 칼이 이윤호의 왼쪽 어깨에 정확히 꽂혔다. 순간 이윤호가 심한 통증과 함께 오른손으로 그 꽂힌 작은 칼을 뽑으려할 때 놈이 그 틈을 이용해 도망치기 시작했다. 칼에 맞은 좌측 어깨는 뛰면 뛸수록 전기고문을 받는 것처럼 찌릿한 통증과 함께 상처에서 나오는 피의 양이 점점 더 많아졌다. 일순간 그곳을 누르고 있던 우측 손은 피범벅이 됐으며, 이미 여러 방울씩 줄지어 우측 팔꿈치 끝으로 빠르게 뚝뚝 떨어지기 시작했다.

'이대로 쉽게 보낼 수는 없다. 넌 내가 반드시 잡아 어린아이들의 한을 풀어줄 것이다.'

그러나 이윤호는 칼에 맞은 상처 때문에 체력이 급속히 떨어져 갔으며, 잘못했다간 본인의 목숨마저도 위태롭게 될 수 있다는 생각이 들기 시작했다.

'반드시 잡아서 찢어 죽이고야 말겠다.'

그러나 놈은 이윤호가 생각했던 것과는 달리 더욱더 거리가 멀어지기 시작했다. 이윤호는 뛰면서 피범벅이 된 오른손으로 허리춤 사이에 꽂아 둔 총을 꺼내어 놈을 향해 방아쇠를 당겼다.

"픽, 픽, 픽, 픽!"

불안정한 몸과 자세로 아무리 방아쇠를 당겨봤지만, 단 한 발도 명중하지 못했다. 이윤호는 갑자기 이러다간 놈을 놓치고 말겠다는 불안함마저 들기 시작했다.

'내가 지금 당장 죽는다고 해도 앞에 도망치고 있는 인간쓰레기를 포기할 생각은 추호도 없다.'

다시 한 번 어금니를 꽉 깨물고 찢어질 듯한 상처를 참으며 전방을 주시했다.

이윤호가 가지고 있는 총은 소음기를 장착한 권총으로 지금까지 인간쓰레기들을 분리수거 하는 데 많은 공을 세운 분신과도 같은 존재이다. 그러나 그 분신이 오늘은 주인의 큰 부상으로 제 역할을 다하지 못하고 있다. 이윤호는 다시 어금니를 꽉 깨물고 놈이 도망가는 곳으로 죽을힘을 다해서 쫓기 시작했다. 여러 골목길로 도망치는 놈은 어느덧 막다른 길에 다다르고 말았다. 좌우로 빠르게 주변을 살피며 도망갈 곳을 찾으려 했으나, 어느 막다른 골목에는 굳게 닫힌 대문이 있을 뿐 어디에도 틈은 보이지 않았다.

그때, 놈이 큰소리로 떠들기 시작했다.

"살려주세요!"

이윤호는 놈의 갑작스러운 행동에 크게 당황하며 주변을 살피기 시작했다.

"살려주세요! 여기 강도가 있습니다."

아까와는 비교도 할 수 없는 목소리로 옆에 있는 대문에 소리치며 손과 발로 두드리고 있다.

'이놈이.'

이윤호는 빨리 결단을 내리지 않으면 안 된다는 급박한 상황에 처하고 말았다. 그런데 이때 주변에서 방 안의 형광등을 켜는 불빛들이 하나둘 눈에 들어오기 시작했다.

이윤호는 가지고 있던 총을 놈에게 조준하고 방아쇠를 당겼다.

"픽, 픽, 픽!"

세 발의 총알은 배와 가슴과 머리에 명중했고, 놈은 그 자리에 쓰러졌다. 이윤호는 황급히 그곳을 빠져나오기 시작했다. 그와 동시에 왼쪽 어깨에 박혀있는 칼을 오른손으로 힘겹게 뽑아 그 자리에 내동댕이쳤다.

집으로 돌아온 이윤호는 날카로운 균열과 그리 깊지 않은 상처지만 소독약과 항생제 가루를 상처 부위에 뿌렸다. 그러자 상처의 고통은 더욱더 커졌다. 순간 이윤호는 입안의 어금니가 부서지도록 꽉 깨물며 그 고통을 참아내야만 했다. 상처에 거즈와 반창고를 붙여 지혈을 했고, 무겁고 힘겨운 몸을 간신히 침대로 옮겨 조심스럽게 자리에 누웠다. 그러면서도 놈을 너무 쉽게 보냈다는 자책과 조심성 없는 자신의 행동을 비난하며 힘겨운 잠을 청했다.

현재시간 오전 6시.

"아침 일찍 웬 살인사건이야?"

어느 한적한 골목에는 폴리스라인으로 노란색 띠를 주변에 둘러치며, 사건의 흔적들을 찾으려는 과학수사대와 경찰들이 분주히 오가고 있었다.

"뭐가 좀 있어?"

기지개를 펴는 한만영 형사가 주변 형사들에게 피곤한 목소리로 묻고 있다.

"몸에 각 세 발의 총을 맞았고, 다른 외상은 없으며, 피해자는 일주일 전에 전국에 수배중인 범인입니다."

경찰수첩에서 적은 것들을 열심히 설명하고 있는 이정욱 형사가 심각한 표정으로 다시 어딘가로 가서는 증거용 비늘봉투에 담아있는 작고 투명한 것을 한만영 형사에게 보여준다.

"현장에서 떨어져있던 칼입니다. 혈흔이 심하게 묻어 있고 주변에도 핏방울이 여러 곳에서 발견됐습니다."

"알았어. 주변을 신속히 정리하고, 목격자와 증거물들 확실히 챙길 수 있도록 해. 그리고 또 하나 경찰서에 가면 차소라 형사를 나에게 오라고 해. 그럼 수고하고 난 먼저 간다."

경찰은 몇 시간 전 이곳에서 있었던 살인사건을 접수하고 집중수사에 들어갔다.

– 관할경찰서 수사 2과 –

"뭔가 좀 이상해요. 이번 피해자는 흉악범으로 전국에 수배중인 범인인데 너무 시신이 온전하고 깨끗해요. 다른 흉악범들의 시신은 정말로 눈뜨고는 못 볼 잔인한 모습으로 발견이 됐는데, 이번 시신은 정반대의 모습으로 죽었으니까요."

차소라 형사가 무엇인가 골똘히 생각하며 과장의 얼굴을 쳐다본다.

"내 얼굴 봐야 나도 범인이 누군지 몰라, 차소라."

이 말과 함께 과장은 주변의 형사들에게 몇 가지 질문을 한다.

"증거물이 확보됐으니 일단은 국과수 감정 결과가 나오면 더 자세한 정보를 알 수 있겠지만, 내 생각에는 몇 년 전부터 흉악범들만 골라서 잔인하게 죽이는 그림자 같은 놈의 짓이라고 생각해. 여러분들은 어떻게 생각하나?"

이 말을 들은 이정욱 형사가 입을 열었다.

"그렇다면 살해 방법에서 차이가 있습니다. 지난번 현장에서도 말씀드리고 차소라 형사가 주장했듯이 시신의 상태가 너무 온전하고 주변에 떨어진 칼과 혈흔들이 그것을 증명하고 있습니다."

"이봐, 이봐! 난 그렇지 않다고 봐."

구석에 앉아 새끼손가락으로 코딱지를 후벼 파는 한만영 형사가 손가락에 묻는 코딱지를 차소라 형사가 앉은 의자 뒤에 살짝 문지른다. 이것을 본 차소라 형사는 인상을 심하게 쓰며 몸을 앞으로 숙인다.

"아마 그 그림자 같은 살인마는 그날 분명히 흉악범을 죽이려고 그곳에 나타났을 거야. 그런데 뜻하지 않게 무슨 일이 있었던 거지. 그래서 기존의 방법 대신 간단하게 죽이고 그곳을 빠져나간 거고……."

그러면서 그는 다시 새끼손가락으로 코딱지를 후비기 시작한다.

이 말을 들은 과장은 "응, 괜찮은 추리력인데 결과는 국과수에서 나와 봐야 알 수 있고 또 그것을 알아내는 일이 우리가 해야 할 몫이니 지금부터 열심히 놈을 잡을 수 있게 뛰어다니라고." 하며 회의실에서 나갔다.

"아이 참, 더러워요. 어린애도 아니고……."

"차소라, 너는 코딱지 안 후비냐?"

"저는 그런 짓 안 해요!"

"자, 자! 그만들 하시고요. 어떻게 진행할 것인지 지시 부탁드립니다."

이 말을 들은 한만영 형사는 각자의 수사방향을 지시하며 이번 사건의 심각성을 각 형사들에게 주입시켰다.

"이정욱 형사와 이연강 형사는 주변 증거들과 탐문수사에 집중하고, 차소라 형사와 나는 피해자 주변을 살펴본다. 차소라, 너 내 코딱지 더럽다고 했지? 넌 이 사건 끝날 때까지 나랑 같은 조야."

그렇게 시작된 경찰의 수사는 조금씩 진전을 보이며 뜻하지 않는 결과물에 모두들 놀라고 만다.

며칠 후, 수사 2과 형사들 모두에게 지금 즉시 경찰서 회의실로 모이라는 문자가 전달되었다.

잠시 후, 수사 2과 모든 형사들이 모인 자리에는 과장이 국과수에서 발송된 누런 봉투를 손에 쥐고 있다. 그는 무엇인가 고민에 찬 표정으로 창문 한 칸을 주시하고 있다.

"다들 모였는가?"

차분한 어조로 여러 명의 형사들을 하나하나 쳐다보며 말을 이었다.

"우리가 맡은 사건 증거물에 대한 국과수 결과물이 이 안에 들어있다. 일단 지문……. 주변에 떨어져있던 칼의 지문이 두 사람 것이 서로 겹쳐서 국과수에서 밝히는 데 고생을 했다고 하는데……."

자꾸만 뜸을 들이며 고개를 좌우로 돌리는 과장의 모습에 한만영 형사가 다그쳤다.

"아이고 과장님, 답답하니깐 빨리 좀 이야기하세요!"

"한 사람의 지문은 그 자리에 총을 맞고 사망한 피해자의 지문이고, 하나는 이 세상에 없는 지문으로 판명이 됐어."

그러자 형사들은 모두들 의아한 표정으로 과장의 얼굴을 쳐다본다.

"다시 말해서 죽은 사람의 지문으로 나왔다는 것이지, 그래서 내가 다시 국과수에 지문감식의뢰를 했는데, 역시 결과는 같았어."

"그럼 유령이 살인을 하고 사라졌다는 말씀이신가요?"

차소라 형사가 발언을 하자, "당연하지 유령이 못된 놈을 잡아서 총도 쏘고, 도끼도 휘두르고." 하며 한만영 형사가 차소라에게 놀리듯 대꾸한다.

"그리고 또 하나, 주변에 떨어진 여러 방울의 혈흔도 역시 살해된 피해자의 것이 아닌 것으로 판명이 됐어."

"진짜 유령이 죽이고 갔구만. 그리고는 미안해서 자기 칼로 스스로 몸에 자해를 하고 도망을 갔나?"

한만영 형사가 또다시 코딱지를 후비며 빈정대듯 말하고 있다.

"여러분들은 지금부터 이 사건에만 집중하고, 특히 언론이나 기자들에게 입조심을 부탁하네. 확인되지도 않은 자학적인 내용들을 어디서 공수했는지 슬슬 각 언론사에서 이번 사건에 큰 관심을 두고 기사들을 쓰고 있으니깐 각별히 조심하길 부탁하네. 질문 있나?"

"무슨 질문을 해야 할지도 잘 모르겠습니다."

이정욱 형사가 멍한 표정으로 과장에게 말한다.

"질문 없으면 해산하고. 난 부장님께 중간보고 드리러 갈 건데, 특히 이정욱 형사! 제발 주차딱지 좀 그만 떼라. 자네 업무상으로 나가는 과태료가 수사비의 절반이나 된다는 사실을 좀 기억하라고."

회의실 앞문으로 나가는 과장의 뒤에 대고 "내가 뭐 놀면서 그랬나요." 하며 이정욱 형사가 들릴 듯 말 듯한 목소리로 말하며 뒷머리를 긁적인다.

"휴."

큰 한숨을 쉬며 이연강 형사가 "이거 골치 아픈 사건을 우리가 맡았습니다." 하며 주변의 형사들을 힘없이 쳐다본다.

여전히 새끼손가락으로 코딱지를 후비고 있는 한만영 형사가 "잘 들어. 우선은 그 유령이 누군지 밝히는 일이 먼저야. 그리고 살해당한 피해자, 즉 그 흉악범이 죽기 전까지 어디서 뭘 했는지 알아보면 그 유령의 정체도 밝혀질 수 있다고 생각해. 자, 각자 맡은 일들 열심히 하고 좋은 결과물로 다시 여기서 보자고." 하며 코딱지 후비던 새끼손가락을 다시 차소라 의자 뒤에 문지른다.

이것을 본 차소라가 경악하듯 말한다.

"전 계장님하고 같이 수사하기 싫은데요."

"웃기지 말고, 차 열쇠가지고 주차장으로 빨리 나와!"

차 형사가 인상을 심하게 쓰고는 사무실 서랍에서 업무용 차량 열쇠를 들고 한만영의 뒤를 따라간다.

"어디로 가시려구요?"

"서울 경찰청 범죄정보과로 가자고."

"거기는 왜요?"

"뭔가 냄새가 나."

"냄새는 계장님 새끼손가락에서 나겠죠?"

"너 정말 그러면 코딱지 후빈 손가락으로 네 콧속도 후벼

준다!"

"그거 성희롱이에요!"

"웃기시고 있어, 성희롱은……."

"이봐, 차소라 형사. 내가 진짜 웃긴 이야기 하나 해줄게."

비웃듯 운전만 하던 차소라가 "들어도 웃기지 않을 것 같아요."라며 시큰둥해 한다.

"내가 삼십년 전에 너처럼 순경계급으로 어느 강원도 시골 작은 파출소에서 근무를 하게 됐는데, 그때는 정말 혈기왕성하고 투철한 사명감으로 국민의 지팡이가 되기 위해서 이 한 몸 희생하기로 했었을 때지."

"계장님도 그런 시절이 있으셨어요?"

"그런데 말이야. 딱 일주일이 지나고, 그 다음날 내가 동네 순찰을 도는데 작은 다리 밑에서 태어난 지 일주일도 안 된 갓난 아기가 죽은 채로 발견이 됐었어."

아기의 죽음에 관심을 보였는지 차소라는 소스라치게 놀란다.

"어머, 그래서요?"

"그래서 그 주변에 있는 마을의 여자들 중에 아이를 낳을 수 있는 여자들을 모조리 집합시켰지. 십대 후반부터 사십대 후반까지."

"왜요?"

"왜긴? 여자가 아이를 낳으면 당연히 젖이 나올 테고, 범인은 그 젖이 나오는 여자 중에 한사람이라고 생각해서지."

"아하! 그 당시에는 똑똑하셨네요."

"왜이래 이 사람아! 지금도 똑똑하다구……. 아무튼 작은 마을회관에 모인 여자들만 거의 백 명이 넘었다구. 그러고는 한 명씩 그 회관 화장실로 들어오게 해서 검사를 했지."

"무슨 검사를요?"

차 형사가 의심의 눈초리를 하고 묻는다.

"웃옷을 올려 젖이 나오는지 내가 직접 확인을 하기 위해서. 그곳에 모인 여자들은 하나같이 자신의 젖을 두 손으로 짜서 나에게 확인시켜주는 일이었어. 난 그때마다 젖꼭지에서 젖이 나오는지 더욱더 유심히 살펴봤고."

다시 한 번 인상을 심하게 쓰고는 차소라가 소리쳤다.

"그거 수사를 핑계로 한 인권침해라고요!"

"아이 깜짝이야……."

큰 소리에 놀란 한만영은 말을 이었다.

"물론 지금 시대에는 있을 수 없는 수사방법이지만, 그 당시만 해도 여자 경찰은 한 개 경찰서에 두세 명이 있을까 말까 하는 실정이라서 어쩔 수 없었어."

입을 삐쭉이며 차소라가 묻는다.

"그래서 범인은 잡았어요?"

한만영 형사가 한숨을 쉬며 말한다.

"아니. 그 당시에 아마 DNA 판독만 있었어도 범인은 쉽게 잡을 수가 있었는데……. 젖이 나온다고 해서 그 아이 엄마가 끝까지 죽은 자기 자식이 아니라고 변명하면 경찰로서도 아무 도리가 없더라고. 덕분에 평생 보지 못할 여자 유방을 실컷 본 것으로 위안을 삼았지."

이 말을 들은 차소라는 어이가 없다는 표정으로 고개를 흔들며 한만영을 쳐다본다.

그사이 서울경찰청 범죄정보과에 도착한 두 형사는 국과수의 지문감식 내용들을 제출하고 지문의 주인이 누구인지 정보 제공을 요청했다.

십분 후, 한 장의 A4용지에는 사진과 신원이 적힌 문서가 출력됐다. 두 형사는 용지가 뚫어져라 그것을 쳐다보고 있다.

"이 사람이 그 유령이란 말이야……."

─ 오전 수사 2과 회의실 ─

"나이는 삼십이 세, 삼년 전 사망나이입니다. 원주의 폐쇄된 예비군 부대 그의 차 안에서 불에 타 죽은 걸로 기록됨. 이름은 이윤호, 가족들 모두 기차사고로 사망."

팔짱을 끼고 있던 과장이 질문을 한다.

"그게 다야? 다른 정보는 없고?"

"하나가 더 있습니다. 당시 원주에서 살인사건이 일어났는데 유력한 용의자로 이윤호가 지목이 됐으며, 검거 하루 전에 사망한 걸로 기록에 나와 있습니다."

그 말을 하고 차소라가 자리에 앉았다.

그러자 이번에는 이연강 형사가 일어나 준비된 자료들을 읽기 시작했다.

"이번에 세 발의 총을 맞고 사망한 피해자는 죽기 몇 시간 전 어느 불법 경마장에 있었으며, 그곳을 나오자 곧 어느 한 남자가 뒤따라서 나오는 장면이 CCTV에 잡히고, 그 뒤따른 남자가 피해자를 쫓아가는 장면 또한 그곳 세차장 CCTV에 포착이 됐습니다. 물론 어두운 새벽이고 모자를 깊게 눌러써서 얼굴은 잡히지 않았습니다."

형사들은 뭔가를 깊게 생각하며 잠시 침묵이 흘렀다.

이때, 한만영 형사가 일어나 주변을 두리번거리며 조심스럽게 입을 열었다.

"추측의 개연성은 상당히 높습니다. 경찰이란 사건의 선입견에 입각한 수사는 대단히 위험한데, 자칫 사건의 실마리나 증거가 다른 방향으로 흘러갈 수 있기 때문입니다. 그러나 이번 사건의 과정 속에서 저는 추측이 아닌 단정을 지었습니다. 그것은 이윤호라는 삼년 전 죽은 저 사람은 절대로 죽지 않았으며, 저 자가 바로 이 시대의 흉악범들을 살해하는, 저승사자라는 단정입니다. 그 이유로는 죽기 전 이윤호는 특수 분장을 만드는 학원에 다녔으며, 고로 평소에 변장을 하고 다른 사람들의 눈을 속인다면 충분히 가능하다는 결론이 나옵니다."

이 말을 들은 다른 형사들과 특히 차소라는 감탄하고 놀란 표정으로 한만영을 쳐다본다.

동시에 과장이 미간을 좁히며 단호하게 말한다.

"자, 여러분 저 이윤호 우리가 잡읍시다. 지금 한만영 형사가 추측이 아닌 과거의 정보와 지금의 증거로 단정을 지었다. 사건 당일에 이윤호는 평소와 같이 흉악범을 죽이려고 그곳에 나타났으며, 범행을 시행하려는 과정에서 뭔가 잘못되어 총으로 간단하게 흉악범을 살해하고 도주했다. 주변의 혈흔은 아마도 두 사람간의 격투에 의해서 생기지 않았나 싶고, 그로인해 이윤호가 상처를 입었으리라 생각이 된다. 물론 잡기는 쉽지 않아. 지금도 이윤호는 죽은 사람으로 기록이 되어 있으니깐. 그러나 그런 용의주도한 인간도 어딘가에 허점이 보일 수 있고, 단점이 있을 수 있다. 우리들이 경찰로서 그것들을 잘 활용하고 찾아낸다면 이윤호는 우리 손에 반드시 잡히리라 확신한다. 이상!"

4. 슬픈 이별

오늘로써 한 달째 집에 숨어, 칼에 찔린 상처를 치료중이다. 공항에서 아버지와 이별을 하고 지금은 병원에서 큰 수술을 기다리는 선희와 하루에도 몇 번씩 영상통화를 하며, 서로의 외로움을 위로받았다. 이윤호는 선희와의 영상통화가 있을 때마다 천사 같은 아이의 파란 입술이 더욱더 마음의 상처를 받았고, '수영이도 수술을 받았으면 지금쯤 건강한 모습으로 초등학교에 다닐 수가 있었을 텐데……' 하며 안타까운 과거의 후회를 늘 하곤 했었다.

오늘은 선희가 있는 병원으로 가서 외로움을 느끼지 못하게 자신이 만든 가면을 선물하고, 자신의 상처에 치료할 약품들도 사기로 마음먹고 조심스럽게 출타준비를 하고 있었다. 그럼과 동시에 TV는 누가 보지도 않는데 혼자 떠들며 스스로의 역할에 충실하고 있다. 그때 어느 여자 아나운서가 대본을 읽듯 뉴스를 전하고 있다.

"다음 뉴스입니다. 어제 저녁 열두 시쯤 상봉동의 어느 다세대 지하주택에서 화재가 나 잠을 자고 있던 이십대 후반으로 보이는 여성이 숨진 채 발견됐습니다. 숨진 여성의 이름은 정효진으로 밝혀졌고……."

정효진이라는 한 마디에 이윤호는 얼른 TV 앞에 앉아 볼륨을 크게 작동시켰다.

"안 돼, 절대로 안 돼. 내가 아는 정효진이 아닐 거야. 있을 수 없어. 아니 절대로 있어서는 안 돼. 나 때문에 그녀가 얼마나 고통을 받으며 살아왔는데. 아니야, 아니야!"

이윤호는 정신이 나간 사람처럼 머릿속이 온통 복잡하고 정리되지 않는 여러 상황들과 고장 난 시계처럼 제자리로 돌아가지 못하고 깊은 미로에 빠진 것처럼 혼란스러웠다. 그러면서 핸드폰으로 꼬마에게 전화를 걸어 더 많은 정보들을 받기 위해 시도하고 있다.

신호음이 들린다.

"여보세요. 아저씨, 좀 어떠세요?!"

조금은 걱정된 목소리로 꼬마가 묻는다.

이윤호는 깊은 숨을 들이마시며 어렵게 입을 열었다.

"꼬마, 지금 볼펜하고 종이 있지? 받아 적어. 이름은 정효진,

나이는 서른, 주소는 서울 중랑구 상봉동……. 어제 화제로 사망한 여자야. 그 여자에 대한 모든 정보를 부탁한다."

전화기 너머로 모두 다 받아 적은 꼬마가 무엇인가 질문을 하려고 입을 떼려는 순간, "아무것도 묻지 마. 부탁이야." 하며 이윤호가 막았다. 그러자 꼬마 역시 뭔가 크게 잘못됐다는 느낌이 들어 더 이상 별다른 이야기는 하지 못하고 "제가 최대한 빨리 알아볼게요. 걱정하지 마시고 몸 관리나 잘하고 계세요." 하며 통화는 끊어졌다.

갑작스러운 일에 신경을 썼더니 칼에 맞은 통증이 더욱더 커지는 것을 느낄 수가 있었다. 오른손으로 상처 부위를 감싸고는 조심스럽게 옷을 갈아입기 시작했다. 밖으로 나온 이윤호에게 강렬하고 눈부신 태양빛이 쏟아져 들어왔다.

잠시 후, 선희의 병원에 도착한 이윤호는 자신이 만든 코알라 가면을 쓰고 잠시나마 선희와의 즐거운 시간을 보내려고 노력해 보았다. 하지만 겉은 아이와 놀고 있으나, 속은 정효진의 죽음이 아직도 믿을 수가 없었다. 짧은 만남의 시간동안 이윤호와는 달리 선희는 무척이나 즐거워했다. 지금도 이윤호가 만들어준 가면을 쓰고는 병든 심장이 불편한데도 병원 여기저기를 뛰어다니고 있다. 그 사이 이윤호는 담당 의사를 만나 앞으로 선희의 수술 방향에 대해 의논하고 있다.

"언제쯤 수술이 가능합니까?"

컴퓨터 모니터를 유심히 보며 의사는 어렵게 입을 열었다.

"쉬운 수술이 아닙니다. 아이가 너무 약하고 영양상태가 부족해서 당분간 체력을 더 키운 다음에 수술을 하는 것이 더 안전하다고 말씀드릴 수가 있습니다."

이 말을 들은 이윤호는 지금은 감옥에 있을 선희의 아버지를 의심한다.

'멍청한 놈. 차라리 남의 돈으로 자신의 딸에게나 먼저 쓸 것이지. 딸이 저 지경으로 될 때까지 도대체 주식에만 미쳐있었다는 것이냐.'

그렇게 혼자 생각하며 잠시 인상을 구기자, 그 모습을 본 의사가 걱정스럽게 물었다.

"괜찮으십니까?"

"아, 예. 괜찮습니다. 그럼 아이에게 맞는 최상의 조건으로 치료를 부탁드립니다. 치료비와 수술비는 얼마가 나오든 상관이 없습니다. 그러니 선희를 건강하게만 만들어주시면 감사하겠습니다."

그렇게 말을 마치고 가벼운 인사를 나눈 이윤호는 병실을 나왔다. 뛰놀다 숨이 찼던지 간호사들이 있는 방에서 과자를 먹고 있는 선희에게 다가가 "선희야! 삼촌은 이제 집에 가야 하니깐 여기 언니들하고 치료 잘 받고 있어. 그러면 다음엔 삼촌이 로봇가면 만들어서 또 올게." 하고 말하자, 선희는 "예." 하면서 이윤호에게 안긴다.

선희와의 아쉬운 이별을 나누고 막 지하철역 계단을 내려갈 때 휴대폰의 진동이 요란하게 울리고 있다. 발신자를 보니 꼬마였다. 자신이 부탁한 정보들을 벌써 수집했나 보다 하는 느낌을 받았다.

"여보세요? 아저씨, 지금 통화 가능하시죠? 그러시면 사람들이 없는 곳에서 제 이야기를 들으셔야 할 것 같아요."

이윤호는 이 말에 내려가려던 계단을 뒤로 하고는 주변의 작은 골목 사이로 자리를 옮겼다.

"말해봐."

"아저씨가 부탁하신 정효진은 어제 저녁에 죽은 것이 확인됐습니다. 이름과 나이 그리고 그 여자분 특징 중에 얼마 전부터 치과에 다닌 기록이 있는데 그곳에서 오른쪽 위에 있는 사랑니를 발치하고 바로 앞에 있는 어금니 두 개를 금으로 씌운 치과 기록에서 정효진이 확실하다는 결론이 경찰과 소방서의 감식기록에 나와 있습니다. 시신의 상태는 너무도 심하게 불에 타 육안으로는 알아볼 수 없어 신체적 특징으로 증거를 잡은 것 같습니다."

이 말을 들은 이윤호는 정효진이 죽었다는 슬픔보다도 그가 원했던 것들을 이루지 못하고 이른 나이에 죽었다는 상실감이 더욱더 괴롭고 자책하게 만들었다. 순간 두 눈에서의 투명한 액체가 양쪽 뺨을 타고 흘러내리기 시작했다.

"아저씨, 듣고 계세요?"

" ……."

"아저씨, 마음의 상처가 크시네요. 그 여자 분이 이젠 누군지 짐작이 갑니다. 그리고 몇 가지 더 중요한 정보가 있는데 그건 제가 내일 직접 만나서 이야기해 드려야 할 것 같아요. 그럼 몸조리 잘 하시구요. 내일 뵙겠습니다."

통화가 끝나고 이윤호는 약간의 현기증이 났는지 갑자기 중심을 잡을 수가 없었다. 오른팔을 뻗어 앞에 있는 벽을 잡고 중심을 잡으며 그 자리에 살짝 주저앉아 흐르는 눈물을 손수건으로 닦기 시작했다.

'아니야 그럴 일이 없어. 내 눈으로 확인하기 전에는 믿을 수 없어. 내가 직접 찾아가 확인을 할 거야……'

다음 날, 이윤호는 평소 정효진이 다니던 직장에 변장을 하고 나타났다. 항상 출입문 옆에 앉아 손님들에게 밝은 미소로 친절하게 물건을 골라주던 효진 씨의 모습은 사라지고 그 자리엔 키가 작고 배가 나온 오십대 초반의 남자가 무뚝뚝한 표정으로 신문을 보며 앉아있다.

"어서 오세요. 뭘 찾으십니까?"

이윤호를 보자, 그는 보던 신문을 여러 번 접어서 책상 위에

놓는다.

이윤호는 잠시 주변을 살피며 조심스럽게 입을 열었다.

"안녕하세요? 다름이 아니라 여기서 근무하던 아가씨가 혹시 정효진 씨가 아닌가요?"

이 말을 들은 중년의 남자는 큰 한숨을 쉬며 "손님도 어제 뉴스를 보셨구랴." 하며 어두운 표정으로 이윤호를 쳐다본다.

"불쌍한 것, 자기 오빠를 찾으려고 그렇게 고생을 하더니 결국엔 찾지도 못하고 젊은 나이에……."

그는 낙심한 표정으로 고개를 좌우로 흔들었다. 그러면서 카운터에 있는 인스턴트커피를 두 잔 타며 이윤호에게 한 잔을 건넨다.

"효진이는 죽기 전날까지 일도 아주 잘했고, 꽤 나름대로 즐거운 인생을 살려고 노력했다우. 몇 달 전부터는 이곳에 오는 손님 중 어느 아가씨와 아주 가깝게 지내고 있었지. 이름은 잘 모르겠는데 이곳에 자주 와서는 효진이와 친하게 지내는 모습을 내가 자주 목격했거든. 근데 그 아가씨 역시 정효진이 죽었다는 뉴스를 들었는지 아직 여기에 오진 않았어요. 하긴 나라도 여길 올 필요가 없겠구만……."

커피를 다 마신 중년의 남자는 이제야 이윤호의 정체가 궁금한지 묻는다.

"근데 뉘슈?"

갑작스러운 질문에 이윤호는 약간 당황해하며 "예, 이곳에 미술용품을 사러오는 사람입니다. 어제 뉴스를 보고 너무도 놀라서……." 하며 고개를 돌리며 말꼬리를 흐렸다.

"커피 잘 마셨습니다."

그러면서 중년의 남자에게 흰 봉투를 건네며 말했다.

"이건 효진 씨에게 전해주세요. 아마도 혼자 살아서 장례를 치를 사람이 없을 것입니다. 효진 씨가 가는 마지막에 편히 갈 수 있게 사장님께서 잘 보살펴 주시길 바랍니다."

그렇게 전한 이윤호는 뒤도 돌아보지 않고 그곳을 나왔다. 밖으로 나온 그는 얼굴이 화끈거렸고, 심장이 뛰기 시작했다. 소음으로 가득한 도심의 한 거리에서 초여름의 강렬한 햇볕을 온몸으로 받으며 잠시 아무런 미동도 없이 고개를 떨궜다.

"효진 씨, 잘 가요. 어떻게 보면 모든 게 다 제 탓인 것 같아요. 부디 이승에서의 못 다한 한을 저승에서 이루시길 기원합니다. 그리고 사랑합니다."

눈가에 이슬처럼 맺힌 눈물을 지그시 감으며 이윤호는 지금까지 모든 연장선상의 일들이 거짓이기를 간절히 바랐다. 그리고 만약 이것이 꿈이라면 누군가가 빨리 이 악몽에서 깨워주기를 소원하면서…….

5. 숨은 그림 찾기

"꼬마! 나에게 중요한 이야기가 뭐라고 했지?"

얼굴에는 아무런 일이 없다는 듯 상대를 대하지만, 상대방은 감추려는 이윤호의 심정을 더더욱 읽어낼 수가 있었다.

사탕을 입 안에서 이리저리 굴리며 꼬마는 이윤호에게 조심스럽게 말을 꺼냈다.

"아저씨, 사람은 겉으로 봐서는 대충 짐작은 하지만 같이 식사를 해보면 더욱더 정확히 그 사람의 수준을 알 수가 있죠! 온몸에 값비싼 명품을 달고 나와도 평소 몸에 익숙한 행동들은 쉽게 감추어지지 않기 때문입니다. 지금 아저씨가 그래요."

이윤호는 먼 하늘만 쳐다보며 피우지 않던 담배 하나를 입에 물고 불을 붙인다. 이 모습을 본 꼬마는 입에서 녹이던 사탕을 어금니로 꽉꽉 깨물며 놀라한다.

"와! 아저씨 담배 안 피우시잖아요?"

이 말을 들은 이윤호는 무슨 상관이냐는 표정과 함께 눈썹을 치켜 올렸다. 담배에 불을 붙이고 한 모금 빨자 연기 속의 니코틴이 호흡기와 입 안을 순식간에 잠식시키고, 이내 코로 다시 빠져나갔다. 아무 생각도 할 수 없는 이 시간이 괴로운 이윤호는 피우던 담배를 바닥에 떨어뜨렸다. 바닥에 떨어진 담배는 빨간 불꽃을 달고 얕은 경사면을 조용히 구르고 있다. 이 모습을 지켜보며 꼬마가 아까와는 다르게 이윤호 곁으로 다가가 얌전히 입을 열었다.

"아저씨! 지울 수 없는 과거의 상처들을 다 털어놓으면 뭐가 달라지나요? 사람들은 대부분 속이 후련하다고들 하는데, 그건 다 거짓말이에요. 마음의 상처가 흙탕물의 흙이 밑으로 가라앉듯이 잠잠했는데 어느 순간 다시 뒤집어 꺼낸다고 해서 그 문제가 해결되는 것도 아니죠. 그런데도 사람들은 그러한 행동들을 반복해서 하지요. 바로 아저씨처럼 말이에요……"

꼬마의 당돌한 말에 이윤호는 쓴웃음을 짓는다.

"이봐, 꼬마! 나보다 인생을 더 많이 산 사람처럼 이야기하는구나."

이 말을 들은 꼬마는 침을 바닥에 가볍게 뱉으며 말한다.

"인생 뭐 있습니까? 그냥 붓 가는 대로 살면 되는 거죠. 제 인생에서 행운이란 거리가 아주 멀었어요, 꼭 뽑기를 하면 반드시 꽝을 뽑듯이 나오는 이치가 같다고나 할까요. 실패한 부모 밑에서 자란 저는 스스로 뭘 어떻게 해야 할지 늘 망설였고 두려웠어요."

이 말을 들은 이윤호는 과거의 상처들을 치료받아야 할 사람은 자신이 아니라 옆에 있는 꼬마라는 것을 깨닫게 되었다. 아직도 어린 나이에 힘들게 살아가는 꼬마의 삶에서 이윤호는 잠시나마 본인이 분리수거라는 핑계로 삶의 호사를 부리지 않았나 하는 부끄러운 생각이 들었다.

잠시 아무런 말없이 서로가 앞을 주시하며 침묵의 시간이 끝났을 때 꼬마는 주머니에서 A4용지에 볼펜으로 갈겨쓴 글씨를 보여준다.

첫 번째, 경찰이 삼일 전 아저씨에 대한 모든 자료 열람

두 번째, 인천에 있는 무역회사에서도 아저씨 자료를 해킹, 대표자는 홍귀연이라는 여자

셋째, 중국의 해킹조직에서 최성철에 대한 자료 해킹과 어느 여자가 직접 최성철을 면회했음.

쪽지를 받아본 이윤호는 거북이 등짝처럼 메마른 입술을 혀끝으로 핥고는 잠시 뜸을 들이며 조심스럽게 입을 열었다.

"경찰이 날 찾는 것은 아마도 내가 한 달 전에 흉악범을 쫓

아갈 때 어깨에 맞은 칼을 뽑아 그곳에 버리고 온 덕분에 내 지
문이 단서가 되어 찾을 것이고, 홍귀연……. 홍귀연, 인천…….
전혀 모르는 사람인데……."

그렇게 말하며 이윤호는 고개를 조용히 좌우로 흔들고 있다.

"참, 선희는 잘 있는 거죠? 아이러니하게도 최성철에게 왜 중
국 쪽 해커를 이용해서 정보를 입수하고 또 어떤 여자가 면회를
요청했을까요?"

이윤호는 뭔가 일이 잘못되고 있다는 것을 직감할 수 있었다.

"혹시 그 면회를 신청한 여자의 신원은 알아봤어?"

이 말을 들은 꼬마가 기다렸다는 듯이 답한다.

"제가 그럴 줄 알고 그 여자 신상을 조사했는데요, 면회요청
서에 작성한 기록들은 모두 다 거짓으로 나왔습니다."

이 말을 들은 이윤호는 그 자리에서 일어나 차에 시동을 걸
고 최성철이 있는 교도소로 향했다.

두 평 정도 보이는 면회실은 학창시절 어학실을 연상할 수 있
는 모습으로 플라스틱 가림판에 작은 구멍이 여러 개 나있었다.

잠시 후, 최성철의 모습이 나타났고, 이윤호가 있는 곳으로
앉았다. 겉모습으로 봐서는 아무 일없이 이곳에서 본인의 죗값
을 달게 받고 있는 것 같았다.

"잘 지내고 있는지요?"

"예, 하루하루 제가 죄를 지은 피해자들에게 용서와 반성의

글을 써 편지로 보내고 있습니다."

"선희는 아주 잘 있습니다. 아직 몸이 좀 약해서 체력을 더 키운 다음에 수술을 할 생각입니다."

이 말을 들은 최성철은 갑자기 눈이 붉어지며, 곧 양쪽 뺨으로 굵은 눈물을 흘리기 시작했다. 이 모습을 본 이윤호는 잠시 최성철이 흘리는 눈물을 지켜보다가 조심스럽게 입을 열었다.

"며칠 전 누군가가 면회를 왔다고 했는데 누굽니까?"

이 말을 들은 최성철이 갑자기 뒤쪽에 있는 간수의 눈치를 살짝 보며 몸을 이윤호 쪽으로 숙이고 조용히 대답한다.

"당신과 같이 있는 사람이라고 했습니다. 얼굴이 미인이고 옆에서 재채기를 할 정도로 이상한 향수를 잔뜩 뿌리고 절 찾아왔었습니다."

그렇게 말한 최성철은 다시 뒤를 돌아보며 간수의 눈치를 살폈다.

"또 다른 말은 없던가요?"

"당신을 찾는다고 했습니다. 그래서 제가 같이 있다고 하는 사람이 왜 여기까지 와서 그걸 나에게 묻느냐고 했죠. 그랬더니 조금은 당황해 하며 한동안 소식이 끊겨 혹시나 나와 연락이 되는지 궁금해서 왔다고 하더군요."

그러면서 최성철은 다시 한 번 간수의 눈치를 본다.

이 말을 들은 이윤호가 팔짱을 끼고 아무 말이 없자 최성철이 말을 잇는다.

"걱정하지 않으셔도 됩니다. 당신에 대해서는 아무것도 말하지 않았으니깐요."

그러자 면회시간이 끝났다는 벨소리가 울렸고 최성철은 그 자리에서 일어나 간수와 함께 면회실 밖으로 나가면서 살짝 미소를 지으며 이윤호와 눈을 마주쳤다.

이윤호는 집으로 돌아오는 내내 머릿속에선 온통 누군지 모를 그 여자에 대한 생각으로 꽉 차있었다.

'그 여자가 인천에 있는 홍귀연이라는 여자일까? 아니면 또 다른 사람이 날 노릴 수도 있고, 어떻게 최성철과 나와의 관계를 알고 접근했을까?'

이윤호는 휴대전화를 꺼내어 꼬마에게 전화로 또 다른 정보를 얻으려했으나 지금은 꼬마가 편의점 근무를 한다는 것을 기억해 내고는 직접 그에게 가기로 하고 핸들을 꺾었다.

"어서 오세………. 아, 깜짝이야. 여기까지 무슨 볼일이 있으시다고 행차를 하셨습니까?"

이 말을 들은 이윤호가 천천히 음료수 코너에 있는 냉장고에서 콜라캔 두 개를 꺼내어 꼬마가 있는 계산대 위에 올려놓는다. 꼬마는 바코드 기계를 갖다 대며 "이천 원입니다." 하고는 묻지도 않고 계산된 콜라를 따서 마신다.

지갑에서 돈을 꺼내며 이윤호가 말한다.

"아주 잘 어울리는구만 꼬마."

콜라의 거품이 입술에 묻자 엄지손가락으로 그것을 살짝 닦으며 꼬마가 응수한다.

"아저씨, 이거 저에겐 정말로 적성에 안 맞아요. 저 같은 인재가 이런 곳에서 썩고 있는 것은 여러 가지 차원에서 낭비라고요."

이 말을 들은 이윤호는 "세상 사람들 모두 다 너처럼 적성에 맞지 않아도 직장엘 다니지. 지나가는 사람 아무나 붙잡고 이야기해봐! 지금 자기 일에 적성이 맞냐고? 모두들 너랑 똑같이 대답할걸." 하며 콜라를 마신다.

이때 유리문이 열리고 교복을 입은 두 명의 고등학생들이 들어왔다. 그들은 지갑에서 돈을 꺼내며 쉽게 말한다.

"아저씨, 말보로 두 갑만 주세요!"

꼬마가 인상을 쓰며 말한다.

"학생에겐 담배를 못 팔게 되어 있습니다."

이 말을 들은 두 학생은 "아 씨발! 달라면 줄 것이지 편의점에서 일이나 하는 주제에." 하며 시비를 걸어온다.

이것을 옆에서 본 이윤호가 자신이 가지고 있는 담배를 한 학생에게 주며 "이거 가지고 가라. 아저씨가 몇 개 빼서 폈는데 여기서 문제 일으키지 말고 얼른 이거 가지고 나가." 하자, 두 학생은 이윤호를 한 번 훑어보더니 "내가 거지야, 씨발!" 하며 밖으로 나간다.

얼굴이 홍당무처럼 변한 꼬마는 분을 삼키며 이윤호를 쳐다본다.

"미래지향적인 사람에겐 결코 어울릴 수 없는 직업임이 확실하죠? 아저씨."

"지구상에 있는 편의점 직원들은 모두 다 너처럼 비관적이라고 생각하는 것은 큰 오산이야 꼬마."

이 말에 꼬마가 먹다 남은 콜라를 단번에 들이켜 마시고는 아직도 분을 못 이겨하며 묻는다.

"근데, 여기까지 무슨 급한 일로 오셨어요?"

이윤호가 꼬마의 눈치를 살피며 말한다.

"야, 너 무서워서 말 못하고 있으니 인상 좀 펴라."

그러자 꼬마는 살짝 눈을 감고 크게 한숨을 내쉬면서 말한다.

"알았습니다. 이젠 됐으니 말씀하셔도 됩니다."

이윤호는 들고 있던 콜라를 조심스럽게 꼬마 앞에 내려놓고 잠시 주변을 살피며 입을 열었다.

"그 홍귀연이란 여자에 대해서 좀 더 많은 정보가 필요해. 아마도 내 생각에는 그 여자가 최성철을 만나서 내 정보를 알아내려는 것 같았어. 그리고 또 하나, 경찰의 수사가 어디까지 갔는지도 좀 알아보고……."

이윤호는 그 말과 함께 흰 봉투를 꼬마에게 건네준다.

"어머님께서는 어떠신지, 이 돈으로 치료비에 보태 써."

돈 봉투를 받아든 꼬마가 갑자기 기분이 좋아졌는지 아까와는 전혀 다른 얼굴로 봉투 속 돈을 만지작거리며 답한다.

"뭐, 아저씨가 부탁하신다면 어떤 숨은그림찾기도 저에겐 식은 죽 먹기죠. 걱정 마시고 며칠 후 연락드릴게요. 근데 아저씨는 무슨 돈으로 이렇게 저에게 선심을 쓰시는지 궁금하네요. 혹시 인간쓰레기들 주머니에서 삥 뜯어 생활하시는 것은 아니시죠?"

"맞아, 못된 놈들 삥 뜯어. 그 돈으로 다시 못된 놈들 처리비용으로도 쓰고, 맛있는 것도 사먹고 여러 가지 등등."

의심스러운 눈빛으로 꼬마가 이윤호의 얼굴을 쳐다본다.

"그럼 이제부터 아저씨에게 드리는 정보의 수고비를 좀 올려 받아야겠어요!"

이윤호는 살짝 미소를 띠우고는 아무런 대꾸도 없이 편의점을 나왔다.

6. 위험한 접근

　이윤호는 지난번에 선희와 약속했던 것을 지키기 위해 지금 병원으로 가고 있다. 한손에는 이윤호가 직접 만든 로봇가면이 들려있다. 이것을 쓰고 신나게 병원을 뛰어다닐 선희를 생각하니 이윤호는 저절로 행복의 웃음이 묻어나는 느낌에 발걸음을 재촉했다.

　병원에 도착한 이윤호는 혼자서 낮잠을 자고 있는 선희에게 조심스럽게 다가가 이불을 덮어주고 국숫발처럼 내려온 여러 개의 머리카락을 한 올 한 올 귀 뒤로 옮겨놓았다. 그러자 인기척에 놀랐는지 선희가 갑자기 잠에서 깨어나 두 손으로 눈을 비비며 이윤호 곁으로 다가가 안긴다.

　"삼촌!"

　이윤호 역시 반가운 얼굴로 두 팔을 뻗어 선희를 번쩍 들어올린다.

"잘 있었어? 선희야, 삼촌이 선물 가져왔어!"

그는 로봇가면을 선희에게 주면서 가면의 양쪽 고무줄로 조심스럽게 귀에 걸어 씌워주었다.

"와! 로봇이다. 우리 선희가 로봇으로 변했다."

그 말과 함께 선희를 다시 한 번 번쩍 들어올렸다. 기분이 좋은 선희를 보니 이윤호 또한 잠시나마 모든 것을 잊고 작은 행복감에 취해 있다. 그런데 그때 선희의 침대 한 구석에 낯선 인형이 이윤호의 눈에 보였다.

이윤호가 그 인형을 향해 손짓하며 선희에게 어디서 났냐고 물으니 어떤 언니가 선물로 주었다고 말한다.

"언니? 혹시 간호사 언니가 주셨니?"

그러자 선희는 고개를 크게 좌우로 도리질한다.

"아니야, 예쁜 언니가 주고 갔어. 선희가 심심할까봐 같이 놀라고 며칠 전에 주고 갔어."

가면으로 가려진 얼굴 사이로 초롱초롱한 선희의 두 눈망울이 이윤호를 보고 있다.

순간 이윤호는 불길한 기운이 엄습해왔다. 최대한 감정을 드러내지 않기 위해서 선희에게 조심스럽게 물었다.

"선희야, 그 인형을 준 언니가 누군지 아니?"

"몰라. 그냥 아빠하고 삼촌을 안다고 그랬어."

이윤호는 입속의 마른 침을 삼키며 "그 언니가 또 다른 말은 없었어?" 하며 두 눈을 크게 뜨고 선희의 눈과 마주쳤다.

"또 온다고 그랬어. 그 언니가."

이윤호는 무엇인가 일이 크게 잘못되어 간다는 것을 온몸으로 느꼈다. 선희에게 잠시 기다리라고 하고는 당장 간호사들이 있는 곳으로 달려갔다.

"저기 706호 최선희 보호자입니다. 혹시 며칠 전에 선희에게 면회를 온 사람에 대해서 아는 것이 있으시나요?"

간호사 대기실에는 세 명의 간호사가 각자의 업무를 보고 있었고, 그 중 한 간호사가 이윤호에게 다가와 "예, 선글라스를 끼고 짙은 화장과 짙은 향수를 뿌린 여자가 선희를 찾아왔었어요." 하며 의아한 듯이 이윤호를 쳐다본다.

그러자 이윤호는 다급한 목소리로 물었다.

"그 여자가 누구라고 하면서 면회를 신청했습니까?"

간호사는 기억을 하려는 듯 천장의 형광등을 쳐다보며 답했다.

"선희 이모라고 했어요. 선희가 잘 있는지 보고 싶다고 하면서……."

이 말을 들은 이윤호는 무서운 얼굴을 하며 세 명의 간호사에게 간결하고 딱딱한 어조로 말했다.

"선희는 이모가 없습니다. 앞으로 선희에게는 어떠한 면회도

제 허락 없이 해선 안 됩니다. 만약 그것을 어기는 간호사분은 제가 가만두지 않을 것입니다."

이윤호는 다시 한 번 무서운 눈으로 한 명 한 명 눈을 맞추며 그 자리에서 나왔다.

선희의 병실로 돌아온 이윤호는 아직도 가면을 쓰고 침대위에 앉아있는 선희에게 다가가 "우아! 우리 로봇선희 여기서 삼촌을 기다리고 있었구나." 하며 선희 옆에 앉았다. 선희는 빨리 이 가면을 주변의 사람들에게 보여주고 싶어서 당장이라도 밖으로 나가려고 했다.

그런 선희에게 이윤호는 차분한 말로 선희를 달랬다.

"선희야, 앞으로 삼촌 말고는 다른 사람이 와서 선물 같은 걸 주면 절대로 받으면 안 돼. 왜냐하면 선물은 삼촌처럼 선희를 아는 사람만 줄 수 있는데 지난번 그 언니는 선희가 모르는 사람이잖아! 그래서 앞으로는 절대로 받으면 안 된다. 알았지?"

그렇게 말하자 로봇 얼굴에 가려진 선희의 표정을 읽을 수는 없었지만 작은 구멍으로 뚫린 두 눈에선 알았다는 듯 선희가 이윤호와 눈을 맞추며 작게 고개를 흔들고 있다.

병원에서 잠시 선희와 시간을 보내면서도 정신이 온통 그 여자에 대한 생각뿐이어서 이윤호는 곧바로 꼬마에게 전화를 걸었다.

잠시 후, 그들은 한 약속장소에서 만나 심각한 이야기를 주고받고 있다.

"어떻게 그 홍귀연이라는 여자가 선희에게까지 접근할 수가 있지?"

"그래서 저도 저 나름대로 최선을 다해서 정보를 수집했는데요. 도무지 알 수가 없었어요."

순간 이윤호가 꼬마를 심하게 쳐다보며 소리쳤다.

"뭐야! 그럼 그 홍귀연이란 여자의 정보가 하나도 없다고? 그걸 어떻게 나더러 믿으라는 거야?"

"자, 자. 흥분하지 마시고요. 아저씨 지금부터 제가 드리는 말은 아저씨가 믿든지 말든지 저는 판단하기 힘듭니다. 그러나 한 가지 중요한 것은 제가 그 홍귀연이란 여자의 정보를 캐려고 악성코드로 보안을 뚫고 그의 컴퓨터에 접속을 시도했는데 전혀 먹히지가 않았어요. 그래서 다시 한 번 시도를 했는데 그쪽에서 저에게 메일을 보내왔더군요."

그러자 이윤호가 몸을 꼬마 쪽으로 움직이며 묻는다.

"뭔데?"

"6월 25일 오전 10시까지 인천에 있는 한 장소로 아저씨를 나오라고 하더군요. 만약에 나오지 않는다면 아저씨에 대한 모든 자료들과 지금까지의 살인행위들을 경찰과 각 언론사에 폭로하겠다고 하면서……"

그렇게 말한 꼬마가 슬쩍 이윤호의 눈치를 보며 말꼬리를 흐렸다.

이윤호는 착잡한 심정으로 어금니를 살짝 깨물며 말한다.

"그게 다야?!"

꼬마는 아무 말 없이 고개만 위아래로 흔들고 있다.

이윤호는 선택의 여지가 없었다. 여러 가지 상황들이 피할 수 없는 일이 되어 버렸고, 그 홍귀연이란 여자가 누군지도 직접 만나보고 싶은 마음이 들었기 때문이다. 도대체 그녀는 누구이며, 왜 이윤호를 그토록 증오하는지 앞을 볼 수 없는 미래의 현실 그리고 이를 가로막으려는 자신의 또 다른 적을 지금으로써는 가장 빨리 제거할 수밖에 없는 현실이기도 한 것이다.

‑ 수사 2과 회의실 ‑

"지금부터 이윤호 관련 2차 중간 수사브리핑을 시작하겠습니다."

수사 2과 이정욱 형사가 관련 자료들과 증거들 그리고 지난 3년 전 이윤호의 행적과 모든 기록들을 한눈에 볼 수 있게 커다란 흰 칠판까지 준비하여 여러 형사들에게 설명하고 있다.

"이윤호가 죽었다고 결론지은 그 당시 관할경찰서에 공문을 보내 정확한 사망원인을 알아본 결과 차량 운전석에서 심하게 불에 탄 시신이 발견됐으나 형체를 알 수 없을 정도로 재만 남아있었다고 합니다. 그런데 불에 탄 차량 바로 옆에 그을린 지갑의 주인이 이윤호의 것임이 확인되자 경찰은 차량의 소유주와 시신이 이윤호의 것이라고 단정지었다고 기록에 나와 있습니다."

이것을 지켜본 과장이 팔짱을 끼고 의자 등받이에 등을 밀착한 자세로 한마디 한다.

"다른 정보가 있으면 계속해서 하세요!"

"예, 몇 가지가 더 있습니다. 이윤호가 죽고 나서 삼일 후 실종사건이 접수됐다고 합니다. 그 당시 나이로 삼십이 세, 직업은 대리운전기사입니다."

이번에도 과장이 질문을 한다.

"그 대리기사가 이윤호와 무슨 관련이 있다는 것이지?"

"예, 아주 중요한 포인트가 숨어있습니다. 이윤호는 그 당시 자정 쯤 대리기사를 불러 자신의 경차를 운전하게 했습니다. 대리기사 통신 전화를 알아봤더니 그곳에 이윤호의 번호가 접수된 것이 확인되었습니다."

"그럼 이윤호가 그 대리기사도 죽였단 말인가?"

"그것은 아직 밝히지 못했습니다. 그리고 대리기사의 실종 사건이 있던 시기와 우연찮게도 어느 무역회사를 운영하던 대표도 함께 실종됐는데, 그의 차량도 이윤호의 차량과 같이 같은 장소에서 모두 불에 탄 채 발견됐습니다. 그리고 또 한 가지 무역회사의 대표가 실종되고 나서 그의 사무실에 있던 금고의 현금과 금괴가 모두 없어졌다고 합니다."

모든 수사브리핑이 끝나자 과장이 일어나 형사들에게 무엇인가 알려주려는 듯 서류봉투에서 여러 장의 A4용지를 꺼내어 읽기 시작한다.

"여러분, 주목해 주시길 바랍니다. 우리가 이 사건을 접수하고 얼마 지나지 않아서 경찰청 사이버 수사팀이 우리들에게 보낸 협조 공문이 왔습니다."

그러면서 과장은 A4용지를 들어 보이며 흔들고 있다.

"여기에는 우리의 수사가 진행되는 동안 중국에 서버를 둔 해커가 경찰의 범죄보안시설을 해킹했으며, 그리고 여러 차례 시도를 했습니다. 처음에는 그냥 염탐을 하려고 해서 보호망을 쳐들어오지 못하게 막았는데 이미 몇 개의 정보가 유출된 이후라고 합니다. 그런데 그 해킹된 정보가 모두 이윤호와 관련된 자료들만 가지고 사라졌습니다. 여기서 중요한 것은 이윤호를 잡으려는 사람들은 우리 말고도 더 있다는 사실입니다."

이 말이 나오자 형사들은 서로의 얼굴을 쳐다보며 의아한 표정을 지었다.

이어 한만영 형사가 과장에게 질문한다.

"그럼 이것으로 이윤호가 살아있다는 것이 명백하게 드러났습니다. 그런데 우리 말고 누가 또 이윤호를 찾고 있다는 것입니까?"

"그것을 밝혀내는 것 또한 우리의 임무라고 생각합니다. 이윤호가 지금 내 앞에 있다면, 아니 우리가 잡는다면 제일 먼저 직접 묻고 싶습니다. 진짜로 이 시대의 흉악범들을 본인의 손으로 그렇게 잔인하게 죽였는지 말입니다."

과장의 이 말에 형사들은 아무런 말없이 과장의 얼굴만 쳐다본다.

" ……."

잠시 후, 회의가 모두 끝나고 복도 끝에 있는 커피자판기에 몇 명의 형사들이 모여 있다.

고민에 찬 얼굴로 커피를 마시며 차소라 형사가 먼저 입을 열었다.

"아! 그 유령 같은 이윤호를 어떻게 잡죠? 그리고 그 유령을 쫓는 또 다른 유령은 또 어떻게 찾아내고요……."

차소라 형사가 머리가 아프다는 듯 한 손으로 관자놀이를 지그시 누른다.

"명백한 사실들과 증거들이 있는데도 바로 그 범인이 유령이다니……."

이 말을 한 이연강 형사가 담배 하나를 입에 물려는 순간 재빨리 한만영 형사가 그것을 낚아채며 자신의 입에 문다.

"차소라, 불 좀 줘봐."

한만영 형사는 또 다시 새끼손가락으로 코딱지를 파기 시작한다.

"전 담배 안 피우거든요!"

차소라 형사가 인상을 쓰고 뒤로 한 발 물러선다.

이정욱 형사가 한만영 형사의 담배에 불을 붙여주며 "뭔가 좀 좋은 수사방향이 없을까요. 계장님?" 하고 묻는다.

한만영 형사는 양쪽 볼살이 쏙 들어가도록 담배 연기를 깊이 들이마시고는 차소라 형사가 있는 쪽으로 내뱉는다.

"나도 삼십년 넘게 경찰생활을 했지만 이런 수사는 처음이야. 유령이 아닌 유령을 상대로 수사를 해야 하다니……. 좀 전의 브리핑에서도 이윤호는 여러 가지로 다른 사건과 연관이 돼 있는 것 같은 의심이 들어. 그런데 모든 죄를 짓고도 지금까지 건재하게 살아서 다니며, 그 법에 보호를 받고 또는 법을 피해 요리조리 도망치는 흉악범들을 잡아서 죽일 수 있는 힘이 어디서 나온다는 것인지 도무지 알 수가 없어……."

다시 한 번 담배 연기를 깊숙이 빨아들인 한만영은 이번에도 차소라가 있는 쪽으로 연기를 뿜으려 했으나 차소라 형사가 무섭게 눈을 흘겨보자 고개를 위로 올려 공중으로 토해냈다.

"그런데 더 궁금한 것은 아까도 과장이 말했듯이 왜 이윤호를 찾는 세력이 갑자기 나타났냐는 것이야. 그것도 우리가 수사에 들어가자마자……. 왜, 무슨 이유로 이윤호를 찾기 위해 위험한 검색을 하느냐 이거지. 아무튼 둘 중에 하나만 잡아도 나머지 하나는 쉽게 잡을 수 있을 것 같은데 중요한 것은 둘 중에 단 하나도 지금 모습을 보이지 않는단 말이야. 아마도 내 생각에는 이윤호를 잡으려는 그 세력 또한 이윤호와 같은 범법자이거나, 아니면 진짜 이윤호에게 깊은 유감이 있어서 찾는 것 같아……."

한만영 형사는 말을 끝내고 피우던 담배를 불도 끄지 않은 채 창밖으로 던져버린다. 이 모습을 본 차소라 형사가 어이가 없다는 듯 인상을 쓰며 도리질을 한다.

"어디가세요?"

"밥 먹으러 간다."

"수사방향에 대해 지시를 해주셔야죠?"

"야, 밥을 먹어야 범인도 잡지. 지금 이 시간에는 나쁜 놈들도 나쁜 짓 중단하고 밥 처먹는데, 명색이 형사가 굶고 다니면 되겠냐?"

그 말과 함께 한만영 형사는 황급히 식당으로 들어간다.

7. 허황된 욕심

"뉴스를 알려드립니다. 지난달 6일에 있었던 골목길 흉악범 피살 사건의 유력한 용의자가 공개되었습니다. 이름은 이윤호, 현재 나이는 35세. 그런데 이 이윤호는 삼년 전에 죽은 사람으로 어느 익명의 제보자가 전하였습니다."

이 뉴스를 접하게 된 경찰과 이윤호는 엎친 데 덮친 격이 되어 버렸다.

"누구야? 누가 언론에 공개를 했어. 누구야?"

관할경찰서 부장이 화가 머리끝까지 나서 지금 수사관들에게 크게 호통을 치고 있다.

" ……."

쥐죽은 듯 조용히 고개를 숙이며 수사 2과 형사들은 죄인 아닌 죄인처럼 고개를 처박고 있다.

"내가 그렇게 당부를 했는데, 과장! 똑바로 전달했어? 언론에 절대 알려서는 안 된다고 똑바로 전달했냐고?"

두 손을 앞으로 살짝 깍지를 낀 과장은 얼굴이 홍당무가 되어 얌전히 고개를 들고 부장의 눈치를 보며 조용히 대답한다.

"예."

"그런데 왜 결과가 이 모양이야?"

아직도 분이 풀리지 않은 부장은 두 주먹을 불끈 쥐고 있다.

"저희로서는 모두 비밀을 유지했다고 자신합니다."

한만영 형사가 일어나 부장의 화를 막아보려고 시도했지만 오히려 역효과만 낳은 결과가 되어버렸다.

"뭐?!"

도끼눈으로 한만영을 쳐다보던 부장은 큰 한숨을 내쉬면서 고개를 숙이고 있다.

"야! 너희들이 지금까지 한 수사가 뭐가 있어? 응! 사건이 벌써 두 달째 접어드는데 아직까지 이렇다 할 결과물을 가져왔냐고. 너희들이나 나나 국민들 세금으로 밥먹고 사는데 부끄럽지도 않나?!"

" ……."

"과장! 잘 들어. 당장 언론에 저 정보 흘린 새끼 무조건 나한테 잡아와. 그리고 저 이윤호라는 저 새끼도 빨리 잡아오고 알았나?"

"예."

과장은 지금이라도 당장 터질 것 같은 무서운 부장의 두 눈을 살짝 보고는 얼른 바닥으로 눈을 깔았다.

부장이 나가고 사무실은 방금 전쟁을 치르고 곧 휴전한 상황처럼 조용히 누구 하나 입을 여는 사람이 없었다. 무거운 분위기 속에서 과장이 손수건으로 이마에 맺힌 땀방울을 천천히 닦으며 말을 꺼낸다.

"나는 여러분들을 믿습니다. 분명히 정보가 유출된 것은 우리를 음해하거나 수사에 혼선을 주기 위해서 누군가의 각본에 따라 실행된 것이라고 판단이 됩니다."

"맞아요. 우리들 중에 그럴 사람은 절대로 없습니다."

차소라가 억울한 표정으로 주변의 형사들을 쳐다본다.

"그럼 누가 이런 짓을 했단 말인가……."

팔짱을 낀 채 이정욱 형사가 힘없이 말한다.

"일단 방송을 한 담당자를 만나보면 해답이 나올 것 같습니다."

"아마 그거 쉽지가 않을 걸. 언론이나 특히 기자들은 자신에게 정보를 준 정보자에게 스스로 다짐을 하거든. 감옥을 가는 한이 있더라도 국민의 알권리를 위해서는 무슨 짓이라도 하는 집단들이라 우리가 가서 아무리 협박을 한다 해도 소귀에 경 읽기라고……."

이연강 형사가 말했다.

아무런 말이 없던 한만영 형사가 일어나 과장에게 말한다.

"과장님, 저에게 24시간만 주시면 저 뉴스의 제보자를 잡아 오겠습니다."

그는 어떤 결의에 찬 눈빛으로 과장을 응시한다.

의아해하는 표정으로 과장은 한만영 형사에게 되묻는다.

"본인의 발언에 책임질 수 있는가?"

"예. 만약에 약속을 지키지 못한다면 경찰복을 벗겠습니다. 다만 과장님께서도 저에게 약속 하나만 해 주시길 바랍니다."

"뭔데?!"

모두들 한만영을 주시한다.

"24시간 동안 제가 할 수 있는 영역의 모든 책임은 제가 지겠습니다. 그러니 과장님께서도 저에게 아무런 조건 없이 제가 할 수 있는 일에 함구하여 주시길 부탁드립니다."

잠시 고민을 하던 과장은 "알았어, 그렇게 하지."라고 한 다음, 손목에 찬 오래된 아날로그시계를 쳐다보며 "그럼 내일 이 시간까지 한만영 형사의 확실한 수사 결과를 기다리겠어." 하고 밖으로 나갔다.

과장이 나가자 서둘러 한만영도 경찰서 지하에 있는 무기고로 달려가 신원을 확인하고 권총 한 자루를 건네받았다. 그리고 경찰서 밖으로 나오며 권총의 이곳저곳을 눈으로 확인하듯 작동 여부를 체크한다. 이때 차소라가 뒤에서 소리치며 다가온다.

"저도 같이 가요!"

한만영은 차소라의 말에 귀찮아하는 표정으로 답한다.

"웃기지 마. 너 나하고 같은 조하기 싫다고 했잖아!"

차소라가 약간 숨이 찬 목소리로 말한다.

"그때하고 지금은 상황이 다르죠."

한만영은 만지작거리는 총을 허리춤에 차고는 한마디 덧붙인다.

"괜히 나 따라와서 네 신세 망쳐도 내 원망은 하지 마라, 차소라."

"물론이죠."

그렇게 한만영과 차소라는 오늘 아침에 이윤호 관련 뉴스를 보도한 방송국이 있는 여의도로 향하고 있다. 아침 출근시간이 꽤 지났는데도 온통 거리는 차들로 꽉 막혀있었다. 짜증이 난 한만영은 지루함을 달래기 위해 허리춤에 차고 있던 권총을 다시 꺼내어 손보고 있다.

"그걸로 진짜 방송국 직원을 위협하시려고요?"

"당연하지. 그럼 무슨 폼으로 가져왔는지 아냐? 요즘은 인권이니 뭐니 해서 사람들이 모두 기가 살아서 우리 같은 경찰들을 아주 우습게보거든. 특히 언론에 종사하는 인간들이 그 대표적인 예라고 할 수 있지."

"그거 사용하다가 괜히 부작용만 더 커지는 거 아니에요?"

이 말에 한만영이 차소라를 쳐다보며 "야, 너 지금이라도 늦지 않았으니 당장 여기서 내려!" 하며 퉁명스럽게 호통을 친다.

"아, 아니에요. 전 단지 옛날 방식이 지금도 통하느냐 궁금해서 그런 거라고요……."

차소라의 말에 약간은 흥분을 했는지 한만영이 왼 주먹을 오른손바닥에 세게 한 번 치며 "요즘 같은 세상에는 안 먹히는 방식도 옛날식으로 하면 먹힐 때가 있지, 말 안 듣는 놈들은 그냥 구석에다 몰아넣고 조지는 거야. 피 튀기게……." 하며 자신감 있게 말한다.

" ……."

차소라는 이번에도 괜히 혼이 날까봐 아무 말 없이 한만영을 곁눈으로 쳐다보기만 한다.

"방송국에 어떤 새끼가 사주를 받아 이윤호의 정보를 보도했는지 내가 잡기만 하면 가만 안둘 거야, 이 쥐새끼 같은 놈……."

평소엔 삼십분이면 도착할 수 있는 거리가 두 시간이 다 되어 목적지에 도착한 두 사람은 황급히 주차장에 주차를 하고, 그대로 방송사 보도국으로 직행했다. 보도국에 도착한 두 사람은 경찰신분증을 제시하며 이윤호 관련 정보를 담당한 PD를 찾는다고 이야기하자 잠시 후, 30대 중반의 몸이 뚱뚱하고 두꺼운 뿔테 안경을 쓴 남자가 그들 앞에 다가왔다.

"경찰이 무슨 일로 저를 찾으시나요?"

그는 뿔테 안경을 살짝 한 손으로 올리며 두 형사를 번갈아 쳐다보고 있다.

"아, 다름이 아니라 오늘 아침에 뉴스에서 이윤호 관련 보도가 있었는데 몇 가지 물어 볼 것이 있어서 왔는데, 여기는 장소가 좀 그러하니 밖으로 나가서 이야기 좀 하시죠."

한만영의 말에 세 사람은 건물 옥상으로 자리를 옮겼다. 6월 말의 날씨는 습하고 더웠다.

"날도 덥고 서로 시간도 없으니 선생님께 딱 하나만 물어보겠습니다. 누가 이윤호의 관련 정보를 줬습니까?"

한만영이 정중히 말하자, 팔짱을 끼며 퉁명스러운 말투로 PD가 말한다.

"시청자의 알권리와 기자로서 제보자의 신원을 보호할 책임으로, 그것은 말씀드릴 수가 없습니다. 제가 감옥에 가는 한이 있더라도 그것은 절대로 알려드릴 수가 없습니다."

그러면서 PD는 굳은 결의에 찬 눈빛으로 두 사람을 응시한다.

사태의 심각성을 감지한 차소라는 정중하게 고개를 숙이고 다시 한 번 PD에게 부탁한다.

"오늘 방송하신 이윤호 관련 정보들은 모두 경찰에서도 극비에 진행되는 수사라서 방송을 통해 함부로 정보가 유출이 되어 지금 경찰에서는 무척 입장이 곤란한 상황에 빠졌습니다. 그러니 제발 부탁드립니다. 그 정보를 준 제보자가 누군지 좀 알려주세요. 선생님!"

아직도 팔짱을 끼고 고개를 돌리며, 입을 굳게 다물고 있는 PD를 향해 한만영이 다가가 허리춤에 차고 있던 권총을 꺼내어 왼손으론 멱살을 잡고, 오른손으로 쥔 권총의 총구를 PD의 왼쪽 콧구멍에 밀어 넣고는 소리치듯 위협한다.

"야, 이 새끼야 난 오늘 경찰서에 사표내고 왔어. 이 씹새끼야! 그러니 지금부터는 경찰도 아니고 민간인이니깐 네 콧구멍에 총알 박아줘도 경찰에서는 아무런 책임도 질 필요 없고, 나만 그냥 감옥에 가서 전과자로 평생 살면 된다. 자, 선택해! 평생 콧구멍에 총알 박혀서 불구자로 살래, 아니면 지금 당장 그 정보 준 씹새끼 우리한테 말하고 너 뒈지는 날까지 온전하게 살래?!"

이 말과 함께 한만영은 콧구멍으로 들이댄 총구를 더욱더 힘주어 밀어 넣는다.

온 몸에서 심하게 땀을 흘리며 긴장하는 모습의 PD는 좀 전의 당당함은 한만영의 거친 언행에 항복을 했는지 눈치를 살피며 두 손을 머리 위로 살짝 올리고는 "아, 알았습니다. 제가 다 말해드리지요. 그러니 그 총 좀 저리 치워주세요." 하며 온 몸을 떨고 있다,

한만영이 이 말을 듣자 살며시 총을 내려놓으며, 잡고 있던 멱살도 풀어주고는 "진작에 그럴 것이지. 왜, 날 더운데 땀나게 만들어." 하며 PD에게서 한 발 물러나 권총의 총구를 손수건으로 닦고 있다.

"누구죠, 그 사람이?"

차소라가 조용히 묻는다.

멱살 잡힌 구겨진 옷을 만지작거리며 PD는 한 손으로 삐뚤어진 뿔테 안경을 바로 쓰며 말한다.

"며칠 전에 저에게 한 통의 전화가 휴대폰으로 걸려왔었어요. 발신자를 보니 외국에서 걸려온 전화라고 화면에 안내 글이 떠서 누가 사기 치려고 나에게 접근하나 싶어 전화를 받지 않았죠. 그랬더니 조금 뒤 문자가 다시 왔더라고요. 그래서 열어봤죠. 어마어마한 특종을 가지고 있으니 자기와 거래를 하자고. 저는 요즘 특종이 없어서 위에서 한참 깨지고 있었는데 혹하는 마음으로 답장을 보냈죠. 무슨 특종이냐고? 그랬더니 이윤호라는 사람의 정보라면서 곧 큰 이슈가 될 정보라고 하더군요. 그때 저는 이윤호라는 사람이 누군지도 전혀 몰랐고 그 이윤호라는 사람이 도대체 누구길래 특종이 되냐고 물었더니, 요즘 이 사회를 떠들썩하게 만들고 있는 살인자라고 했어요. 전 살인자라는 그 한마디에 아까 전화가 온 번호로 통화를 시도했죠. 그런데 전화를 받는 목소리가 좀 이상했어요."

한만영과 차소라는 PD의 말에 조용히 경청만 하며 빨리 이
어서 말하라는 사인을 눈으로 보내고 있었다.

"목소리는 여자의 것으로 아주 점잖고 차분했어요. 마치 음
성사서함에 나오는 안내방송처럼……. 그래서 제가 물었죠, 이
윤호라는 사람이 누구를 죽였냐고 그랬더니 기다렸다는 듯 그
여자가 이 사회에서 흉악범들을 잔인하게 죽인 얼굴 없는 살인
마라고 하면서, 저에게 혹시 주변에 아는 경찰관이 있으면 삼년
전에 원주에서 있었던 사건 중에 폐예비군부대에서 일어난 사건
을 알아보라고 하더라고요. 그래서 당장 아는 경찰에게 그 자
리에서 다른 전화기로 물어봤죠. 그랬더니 이윤호라는 사람은
삼년 전에 차 안에서 불에 탄 시신으로 발견된 사건으로 지금
은 일급보안인데 어떻게 아냐면서 저에게 묻더라고요. 그래서 확
신했죠. 이 전화의 여인이 진짜 큰 특종을 가지고 왔다고……."

손수건으로 이마의 땀을 닦으며 한만영이 PD에게 소리친다.

"야, 이 새끼야! 그래서 빨리 결론만 이야기해 더워죽겠어!"

한만영의 이 한마디에 PD는 다시 한 번 겁을 먹고는 자신도
이마에서 흐르는 땀을 닦으며 말을 잇는다.

"그래서 이 정보를 나에게 주면 어떤 대가를 원하느냐고 물었
더니, 그 여자가 그런 것은 아무것도 필요 없다고 하면서 하루
빨리 이윤호 관련보도가 전국으로 방송이 됐으면 좋겠다고 했
습니다. 그래서 저는 이게 웬 떡이냐 하고 모든 편집을 끝내고

오늘 아침 뉴스에 내보냈던 것입니다."

"그럼 정보는 메일로 받으셨나요?"

"아니요. 그 여자와의 통화가 끝나고 택배기사를 통해서 배달이 왔었어요. 작은 상자 안에 USB 칩으로."

얼른 주머니에서 휴대폰을 꺼내며 한만영은 PD의 휴대폰에 입력된 그 여자의 번호를 눌러 통화를 시도하였으나, 이미 통화가 정지된 번호라는 안내방송이 흘러나왔다.

"너, 이 새끼. 또 다시 이윤호 관련 보도가 뉴스에 나오면 그 땐 총으로 네 콧구멍을 다섯 개로 만들어 줄꺼다."

그렇게 말하고 한만영은 아래층 계단으로 급히 뛰어 내려갔다. 그 모습을 본 차소라도 심상치 않은 표정으로 한만영의 뒤를 쫓아갔다.

주차장에 있는 자신들의 차량에 탑승한 두 형사는 급히 시동을 걸고 서울 외곽에 있는 허름한 집들이 밀집되어 있는 어느 동네로 향하고 있다.

"어디로 가세요?"

주변을 두리번거리며 차소라가 한만영에게 묻는다.

"내가 아는 전과자 중에서 컴퓨터 도사가 있어. 그놈한테 이 번호가 어디서 시작됐는지 좀 알려달라고 하면 금방 찾을 수가 있지."

한만영은 좌우를 살피며 조심스럽게 운전을 하고 있다.

"그거 불법이잖아요! 어떻게 전과자에게 정보를 구할 생각을 하세요."

불만이 가득한 표정으로 차소라가 한만영을 쳐다본다.

"너, 아까부터 그딴 소리 하려거든 당장 내리라고 했다."

차소라는 팔짱을 끼고 입이 한 치는 나온 얼굴 표정을 지으며 차창 밖을 쳐다본다.

잠시 후, 두 사람이 탄 승용차는 서울의 외곽에 있는 어느 산동네에 도착했다. 서울에서도 아직 개발이 안 된 이곳은 소수의 극빈자들만이 모여서 사는 곳임을 대변해 주듯 주변의 풍경들은 80년대 복고풍을 보는 것 같은 건물들과 물건들이 즐비했으며, 주변에는 정리되지 않은 쓰레기와 물건들이 서로 나뒹굴고 있었다.

한만영과 차소라는 조심스럽게 한낮의 땡볕을 받으며 힘겹게 목적지를 향해 올라갔다. 한참을 지나서야 한만영이 찾던 전과자의 집에 도착하게 되었다.

"계십니까?"

대문도 없는 허름한 옛날 가건물로 지어진 집에 50대 초반의 여인이 방에 누워있었다. 건강이 좋지 않은지 그 여인은 깡마른 몸에 초췌한 모습으로 두 형사를 맞이했다.

"예. 누구세요?"

"혹시 여기가 최만수 씨네 댁이 맞습니까?"

힘겹게 자리에서 일어난 여인은 거친 숨을 몰아쉬었다. 기침이 나오려는 것을 억지로 참듯이 한 손으로 입을 막으며 갑자기 집으로 찾아온 낯선 사람들을 경계 없는 눈빛으로 쳐다보며 말했다.

"예, 맞는데 무슨 일로……."

한만영은 좀 전의 PD에게 향하던 무서운 기세는 어디로 사라지고 순한 양처럼 힘없는 여인에게 공손히 말을 건넨다.

"예, 최만수 씨하고 아는 사람인데 지나가는 길에 잠깐 얼굴이나 보려고 왔습니다. 그런데 지금 집에 없는 것 같네요?"

한만영이 미소가 가득한 표정을 지으며 묻자 "예, 그 녀석이 요즘 일을 다니는데 집에는 일주일에 두세 번만 들어옵니다. 이거 죄송해서 어떡하죠?" 하며 고개를 숙였다.

"아닙니다! 저희가 예고도 없이 갑자기 찾아온 것이 잘못이죠. 그럼 혹시 아드님 전화번호가 있으면 좀 부탁드릴 수 있을까요?"

이 말에 여인은 순순히 아들의 전화번호를 가르쳐주었다.

"아이고 감사합니다, 어머님."

그리고 "이거" 하면서 한만영은 자신의 지갑에서 오만 원짜리 한 장을 꺼내어 그녀에게 준다.

"어머님, 저희가 빈손으로 와서 그러는데 이걸로 시원한 수박이나 하나 사서 드세요."

그러면서 한만영은 그녀의 손에 쥐어주었다.

미안함과 고마움의 미소를 동시에 보이며 그들을 쳐다보려고
할 때 그녀는 좀 전에 억지로 참았던 기침이 순식간에 밀려오기
시작했다. 그 모습을 본 두 형사는 조심히 방문을 닫아 주고
고개를 숙이며 그 집에서 나왔다.

최만수의 집에서 나온 두 형사는 지금 근처에 있는 작은 구멍
가게에 쭈그리고 앉아 때늦은 점심을 먹으며 더위를 잠시 피해
휴식을 취하고 있다.

"전화 아직도 받지 않고 있죠?"

"이 새끼 뭐하는데 전화를 안 받고 있는 거야."

한만영은 한 손에는 핸드폰을, 또 다른 한 손에는 큼지막한
빵을 들고 있다.

"이거 과장님하고 한 약속시간이 점점 다가오는데 아직도 이
윤호 관련 문건 유출한 놈을 못 잡았으니 환장하겠네. 야! 차
소라. 너 내가 만약에 그놈 못 잡으면 너도 나랑 같이 경찰복
벗는 거다."

한만영은 큼지막한 빵을 입 안에 넣고는 게걸스럽게 먹으며
말했다.

차소라가 "제가 왜요?" 하며 자신도 손에 든 빵을 먹는다.

"왜긴, 네가 날 쫓아왔으니 이젠 우리는 한 배를 탄 거나 마

찬가지라고."

"과장님하고의 약속은 계장님이 하셨지 저는 아니거든요."

차소라가 반대쪽으로 고개를 돌리고 다시 빵을 먹는다.

"야, 이 의리 없는 놈아!"

"흥!"

한만영과 차소라가 최만수의 동네에서 늦은 점심을 먹는 시간이 오후 3시 40분.

한편, 이윤호는 그들보다 세 시간이 이른 정오가 조금 지났을 무렵 아침에 보도된 자신의 내용들이 어떻게 유출이 됐는지 꼬마에게 문자를 보내며 대책을 논의하고 있었다.

꼬마 바쁜가? 통화를 할 수 없다면 문자로 하자고.
    다름이 아니라 오늘 아침 뉴스 봤지?
            - 지하철 도끼 -

예. 아저씨에 관한 보도가 언론에 집중조명을 받고 있던데요. ㅠㅠ

– 꼬마 –

누구의 짓이라고 생각하나?

– 지하철 도끼 –

아마도 그 홍귀연이라는 여자의 솜씨라고 예상이 되는데요.

– 꼬마 –

그래, 역시 나도 그렇게 생각하고 있어. 당장 그 여자를 만나서 문제를 해결할까 하는데.

– 지하철 도끼 –

무슨 뜻인지 잘 알겠습니다.
저의 천재적 재능을 다시 한 번발휘해서 그 홍귀연의 신원을 알아보겠습니다.

– 꼬마 –

고맙군. 되도록 빨리 부탁한다.
— 지하철 도끼 —

별 말씀을요. 그럼 그 홍귀연 의정보가 접수되는 대로 최대한 빨리 아저씨께 연락드리지요.
— 꼬마 —

그리고 한 시간 후, 이윤호는 꼬마에게서 기다리던 정보를 입수할 수 있었다.

아저씨! 드디어 그 홍귀연이라는 여자의 신원과 위치를 알아냈습니다.
— 꼬마 —

응. 그래, 고생했다.
빨리 좀 알려줘!
— 지하철 도끼 —

> 주소는 인천의 한 사무실이고
> 요. 그런데 그곳에는 그 여자가
> 없고 다른 곳에 숨어있더라고요.
> 실제로 있는 곳은…….
>
> — 꼬마 —

꼬마는 이윤호에게 상세한 정보를 문자로 전달했으며, 끝으
로 한 가지 당부의 메시지를 이윤호에게 전달했다.

> 아저씨! 만약에 그곳으로 가시
> 게 되면 준비를 철저히 하고 가시
> 는 것이 좋겠다는 기분이 드네요.
> 왠지 느낌이 좋지가 않아서요.
>   몸조심하시고 무사히 돌아오
> 시길 바랍니다.
>
> — 꼬마 —

꼬마의 뜻밖의 문자에 이윤호도 메시지를 전달한다.

고맙군. 내 걱정을 다 해주고. 꼬마
가 이젠 어른이 다 됐구만…….
난 지금 당장 그 홍귀연이란 여자
를 만나러 갈 거야. 위험 요소가 있
는 것들은 한시라도 빨리 제거를 해
야만 내가 안전할 수 있거든…….
아무튼 갔다 와서 보자고.

- 지하철 도끼 -

그렇게 이윤호와 꼬마가 서로 메시지를 주고받은 시간이 오
후 12시 40분.

이윤호는 꼬마가 준 정보들을 가지고 집에 있는 총과 소음
기 그리고 탄창을 손질하며 이상 유무를 점검하고 있다. 꼬마
가 알려준 주소와 장소에는 어떤 위험이 도사리고 있는지 전혀
알지 못하는 상황에서 이윤호는 꼬마의 걱정을 뒤로한 채 모든
준비물들을 확실히 챙기고 자신의 차에 올라탔다.

초여름 더위가 기승을 부리는 6월 말의 거리는 습하고 더운
기운이 차도의 아스팔트위에서 이글거리며 올라왔고, 그 위를
다니는 차량들의 행렬은 모두 지쳐가는 마차의 말과 같이 줄지
어 이어지듯 천천히 꼬리에 꼬리를 물어 거리의 정체는 점점 더

심해져 갔다. 홍귀연을 만나러 가려는 이윤호의 마음이 더욱더 조급하고 초조해지기에 충분했다.

'나는 극한 상황들 앞에서 실행하는 것이야말로 더더욱 본질에 가까워진다고 믿는다. 나의 심리적, 육체적 고단함이 그 목적론적 행위를 더 증폭시킨다는 생각을 늘 갖고 있기 때문이다.'

두 시간이 조금 지난 후 내비게이션은 인천의 한 작은 부두의 언덕에 자리 잡은 빈 창고로 안내를 마치며 종료와 함께 도착지를 알리는 파랑색 점등만이 이곳이 꼬마가 알려준 장소임을 짐작케 했다. 문득, 지난날 한 인간쓰레기를 회상하며 눈앞에 보이는 황량한 들판의 심하게 낡고 오래된 건물 하나가 이윤호의 시야에 가득히 채워지며 더 이상 과거에서의 괴로운 기억들을 다시 꺼내는 것이 무슨 소용이냐는 듯 차에서 내려 총구의 소음기를 돌려 장착하고 있다. 조심스럽게 창고 주변에 다다른 이윤호는 낡아빠진 건물의 녹슨 철문을 열자 심하게 삐걱하고 둔탁한 쇳소리를 내며 문 주변에는 누군가가 낙서를 했는지 해골 모양의 그림과 '우리본부'라는 페인트로 쓴 글자가 희미하게 보였다. 들어가는 문은 협소하여 몸을 살짝 숙이고 조심스럽게 한 발을 내밀었다. 안으로 들어가는 몇 개의 계단을 밟으면서 심한 곰팡이와 오래되고 습기가 가득한 콘크리트 냄새가 콧속의 신경들을 자극했다. 바닥에는 여러 마리의 죽은 쥐들이 심하게 내장이 파헤쳐진 채 죽어있다. 몇 미터가량 들어가는 사각의 콘크리트 입구에는 다시 몇 미터의 어두운 터널이 펼쳐져 있었다.

습기와 뒤엉켜 켜켜이 쌓인 먼지가 이윤호의 발자국을 대신해 주었으며 조심스럽게 낡은 복도를 걸을 때마다 체중에 놀란 듯 오래된 나무복도들에선 삐걱대는 소리를 냈다. 하지만 다행히도 이윤호가 끝까지 지나갈 수 있게 잘 견뎌주었다.

마침내 다다른 문을 열자 먼지를 먹은 거미줄들이 시야를 가려 총으로 그것들을 조심스럽게 걷어가며 안으로 들어갔다.

안으로 들어가자 한치 앞도 볼 수 없는 어두운 길에 들어섰다. 이윤호는 미리 준비한 작은 플래시로 앞을 비추자 좌우로 나뉜 두 갈래의 길이 눈앞에 보였다. 좌측과 우측을 번갈아 플래시로 비추고는 그 중에 우측의 길이 더 넓고 높게 보이는 것이 확인되어 그쪽으로 발길을 옮기기 시작했다.

어둡고 지저분한 이 짧은 복도에는 오래된 이끼와 시궁창물이 고여 있으며, 심한 악취와 그 물을 걷고 있을 때마다 구역질나는 철퍼덕 소리 또한 조금씩 옮겨갈 때마다 전에는 경험하지 못했던 긴장감이 온몸으로 엄습해왔다. 그리고 줄곧 등 뒤를 따라오던 자신의 그림자도 이곳의 분위기가 싫은지 지금은 등 뒤에서 길게 늘어진 모양으로 주인과의 거리감을 두고 따라온다.

드디어 마지막 문이 있는 곳에 다다르자 문틈 사이로 새어나오는 빛을 따라 심하게 부서진 낡은 문을 열려고 했다. 그때 갑자기 목덜미가 서늘해지는 것을 느끼며 무엇인가 일이 잘못되고 있다는 것을 직감할 수 있었다. 그러나 이곳에 들어온 이상 모든 곳을 찾아 헤매서라도 그 홍귀연이란 여자를 만나보고 싶었다.

플래시를 든 손으로 조심스럽게 문을 열고 한 발을 옮겨 그 안으로 들어가자, 이윤호의 관자놀이에 차가운 총구가 깊숙이 누르며 "꼼짝 마!" 하는 것이 아닌가. 섬뜩한 미소와 일그러진 입으로 깊이를 알 수 없는 눈동자는 이윤호를 향해 총구를 겨누고 있다. 그와 동시에 이곳에 처음 들어왔었던 구질구질한 냄새들은 모두 사라지고 희미하게 느껴지는 향수의 냄새가 극한 상황에서 그를 더욱더 혼란스럽게 만들었다.

'재스민 향, 낯설지 않은 이질적인 냄새와 동시에 머리 한 구석에서 번뜩이는 희미한 기억의 그림자 같은……'

그가 들어간 곳은 유일하게 창가 햇볕이 그나마 어두운 이곳의 간접조명 역할을 하고 있었다. 이윤호는 순간 복사기가 복사하듯 곳곳의 지형지물을 주의 깊게 머릿속으로 스캔하고 있다. 두 손을 머리 뒤로 깍지를 낀 상태로 무릎을 꿇어있었지만 최대한 시간을 끌며 상황을 예의주시하고 빈틈을 이용하여 이곳을 빠져나갈 계획을 세우고 있다. 그러나 아직도 본인의 목숨보다는 자신이 찾는 홍귀연이라는 여자를 만나는 것이 우선이라 생각하며 머리에 총구를 겨누고 있는 놈에게 묻는다.

"이봐, 너희 대장이 홍귀연이란 여자가 맞나?"

총구를 더욱더 세게 밀어붙이며 "그렇다면 어떻게 할 건데, 지금 상황이 누가 '갑'이고, 누가 '을'인지 상황파악이 안 되는 모양이군."

이 말에 이윤호는 크게 웃으며 말했다.

"하하하! 인간쓰레기들도 '갑'과 '을'이 존재하나보지? 그렇다면 그 '갑질' 너희들이나 실컷 하시게나. 난 거기서 빠질 테니."

이 말에 약간 흥분한 모습으로 놈의 총 끝 총열이 아주 미약하게 흔들리는 것을 느낀 이윤호가 말했다.

"이봐! 너무 흥분하지 말고 빨리 너희 대장 나오라고 해. 난 너 같은 여자 똘마니하고는 상대하기 싫으니까."

"퍽!"

말이 끝나기가 무섭게 등 뒤에 있는 놈이 이윤호의 등을 세차게 발로 걷어찼다. 그러자 그 앞으로 바로 고꾸라진 이윤호는 순간 아직도 아물지 않은 좌측 어깨의 통증을 느끼며 어금니를 꽉 깨물고는 쓴 웃음으로 놈에게 다시 말을 건넸다.

"이봐, 이봐! 살살해. 진정한 '갑'이라면 '을'을 이렇게 대접하면 되겠어? 이러는 거 너희 대장이 알면 무지하게 서운해 할지도 모르잖아. 하긴 인간쓰레기들이 뭘 알겠어, 그 밥에 그 나물이지."

"퍽!"

이번에는 놈이 들고 있던 권총의 손잡이 끝으로 이윤호의 얼굴을 세차게 내려쳤다. 이마 부분이 약간 찢어진 듯 상처가 났고, 그 상처 사이로 붉은 피가 줄지어 나오기 시작했다.

"빨리 홍귀연이란 년 나오라고 전해!"

그러자 앞쪽에 있는 더러운 커튼 사이로 요란하게 의자를 끄는 소리와 함께 둔탁한 구두소리가 나면서 이내 한 사람이 모습을 드러냈다.

이윤호는 무릎이 꿇린 자세에서 소리가 나는 쪽을 유심히 관찰하며 쳐다본다.

"아니! 너, 너는, 그놈의……."

홍귀연은 이윤호를 보자 증오가 가득한 표정과 몸짓으로 이윤호를 바라본다. 순간 지금까지 은은하게 향기가 나던 재스민 향은 바로 3년 전 이윤호가 처리한 인간쓰레기의 사무실에서 맡았던 것이 생각났다. 그 향기의 공통점이 무엇인지 이제야 직감할 수 있었다.

"오래간만이야, 이윤호. 하하하!"

간사하고 소름끼치는 웃음소리가 천장까지 울려 퍼졌다.

홍귀연을 본 순간 이윤호는 무척이나 당황하고 충격을 받았지만 곧 의연하고 여유있는 모습으로 홍귀연을 응대했다.

"나를 한 번에 알아주는구만. 내 미모와 나의 힘을."

홍귀연은 이윤호가 가지고 온 총을 만지며 "이걸로 날 죽이려고 가져왔는가?" 하며 쓴웃음을 지었다.

"물론 잘 알고 있지. 근데 말이야, 요염하고 매혹적인 것들이 깊은 맛은 없지……. 그리고 그 총은 그냥 빈손으로 오는 것보단 낫잖아."

이 말을 들은 홍귀연은 기분이 상했는지 입을 다물며 볼 살의 근육이 가늘게 움직였다. 그러면서 날이 선 눈으로 이윤호를 째려보고 있다.

"이윤호 너도 인간이라면 일말의 죄책감이란 것 좀 가져보지 그래?"

이 말을 듣자 어이가 없다는 표정으로 이윤호는 홍귀연을 향해 대꾸한다.

"죄책감! 너희 같은 인간쓰레기들에게서 내가 왜 생각할 가치도 없는 죄책감을 가져야 하지? 그래서 너희들은 그 죄책감을 가져서 선량한 사람들을 죽였나? 난 내가 너희들을 하나둘씩 분리수거할 때마다 선량한 우리의 이웃들이 한 명, 아니 열 명이 아무런 피해 없이 무사히 이 사회에서 살아간다고 굳게 믿지. 고로, 난 선량한 사람들의 일관성 있는 삶을 지키기 위해서 이 한 목숨 희생하기로 했지. 너희 같은 인간쓰레기들은 내가 이 세상에서 숨 쉬고 있는 한 분리수거는 현재 진행형이 될 것이다."

이 말을 들은 홍귀연은 좀 전의 표정과는 달리 은근한 미소로 이윤호를 쳐다보지만 그 속에 숨어있는 증오와 협박은 감출 수가 없어보였다.

"이봐! 이윤호. 넌 그렇게 말하고 있지만 그건 너 스스로를 위한 자기 합리화에 불과하지, 너도 결과적으론 우리랑 똑같이 사람들을 죽였잖아. 그것만으로도 어길 수 없는 공통점이 존재한다고 보는데."

어이가 없고 기가 막힌다는 표정으로 이윤호는 다시 그녀에게 반문한다.

"하하하! 너희 같은 인간쓰레기들에게 그러한 말을 듣는 것 자체가 지금 이 순간 구역질이 나도록 거북스러움을 금치 못하겠구만. 우리? 우리라고 말하지 마라. 너희들은 나쁜 짓을 하려 사람을 죽였고, 난 그 나쁜 짓을 저지른 인간쓰레기들만을 골라서 거기에 맞는 죗값을 치르게 했을 뿐이다. 같은 사람이라도 난 쓰레기들을 처리했고, 너흰 선량한 사람들을 죽였다는 사실에서 우리라는 말은 입 밖에 내놓지 마라."

이윤호는 자신이 이 자리에서 당장 죽을 수도 있다는 두려움이 있었지만 그것을 모면하기 위해서 저들에게 비겁하게 굴거나 자신의 신념에 어긋나는 언행은 절대로 하지 않기로 마음먹었다.

"뭐야!"

앙칼지게 소리를 지르는 홍귀연은 손에 들고 있던 이윤호의 권총으로 그를 조준하며 당장이라도 쏘려는 표정이지만, 지금 그녀가 노리는 것은 이윤호의 목숨보다는 3년 전에 자신과 내연관계를 갖고 있었던 어느 사장의 돈을 다시 빼앗기 위해서 이윤호를 이 자리에 오게 한 것이다.

"나는 당장이라도 널 죽이고 싶지만 널 죽이기 전에 한 가지 묻고 싶은 것이 있는데."

이윤호는 미리 예측이나 했는지 고개를 비스듬히 돌려 쓴웃음으로 홍귀연의 질문에 대신한다.

"아무리 흥청망청 펑펑 써댄다 해도 그 많은 돈을 지금까지 다 썼을 일은 없겠고, 만약에 네가 나에게 그 나머지 돈만 돌려준다면 내가 특별히 목숨만은 살려줄까 하는데, 어때?"

"그래! 나에게 복수를 하려고 하는 것이 아니고 그 못된 사장의 돈이 탐나서 지금까지 이런 연극을 했단 말이지……. 근데 이거 미안해서 어떡하나. 내가 요즘 너희 같은 인간쓰레기들 때문에 몸이 좀 허해져서 몸보신하려고 좋은 약을 사서 먹느라 이미 다 써버렸는데. 혹시 알아? 내 똥을 받아먹으면 조금이라도 남은 약 효과를 볼 수도 있으니 어서어서 입을 벌리라고. 그럼 내가 인심 후하게 써서 그 비싼 약똥을 너희들에게 특별히 선물로 줄 테니."

그러면서 이윤호는 바지의 혁대를 푸는 시늉을 하고 있다.

그러자 그 뒤에서 줄곧 이윤호의 머리에 총구를 겨누고 있던 놈이 다시 한 번 이윤호를 세차게 발로 걷어찼다. 그러자 이윤호는 바닥으로 빙그르 돌아 엎드린 자세에서 무엇이 웃긴지 깔깔대며 이 텅 빈 창고 안을 그의 웃음소리로 가득 채웠다.

이 모습을 본 뒤에 있는 놈은 홍귀연을 겸연쩍은 얼굴로 머리를 긁적이며 쳐다본다. 홍귀연 또한 눈에 잔뜩 힘을 주고 있는 표정으로 깔깔대며 웃고 있는 이윤호를 쳐다보고 있다.

잠시 후, 웃음소리가 조용해지고 다시 이윤호가 무릎을 꿇린 자세를 취하자 날이 선 어투로 이윤호를 째려보며 홍귀연이 뜻밖의 말을 꺼내기 시작했다.

"좋아! 이봐, 이윤호. 내가 지금부터 아주 재미있는 이야기를 하나 들려주지. 잘 듣고 있으라고. 아마도 방금 웃었던 그 웃음이 네가 이 세상에서의 마지막 웃음이 될 거야. 네가 가져간 그 돈은 나만 필요한 것이 아니라 또 한 사람이 아주 간절하게 필요로 하거든. 그가 누군지 궁금하지 않은가? 그래서 내가 그분을 특별히 여기까지 오시라고 했는데 흔쾌히 이곳까지 오셨더군. 아마 그분도 이윤호 당신에게 많은 유감을 가지고 있는 것 같아."

그러면서 홍귀연은 무엇인가 큰 내기에서 이긴 듯 만족스러운 표정으로 말하지만 이윤호는 관심 없다는 듯 새끼손가락으로 귓속을 후비며 무시하는 듯한 행동을 보이고 있다.

"그렇게 겉과 속이 다른 행동들을 할 필요는 없어 이윤호.

자, 저길 보라고. 저 사람이 누군지 아는가?"

그렇게 말한 홍귀연이 손가락질을 하고는 또 다른 문을 향해 가리켰다. 순간 쥐죽은 듯 조용한 가운데 삐걱대는 낡은 나무문이 열리고 어두운 문 앞으로 한 사람의 발자국 소리가 들려왔다. 이윤호는 홍귀연의 옆으로 다가가는 그 사람을 유심히 보려 눈을 게슴츠레 뜨고는 몸을 앞으로 기울였다. 서서히 밝은 쪽으로 걸어가는 정체 모를 사람의 모습이 보이기 시작했다. 순간 이윤호는 머리에 깍지를 끼고 올려놓았던 두 팔을 서서히 내리며 두 눈을 의심하는 심정과, 무엇인가 큰 해머로 뒤통수를 맞은 것처럼 이 창고 안에서 두 번째 충격에 빠지고 말았다.

"야! 너……는, 꼬마?"

언제 본인과 인연이 있었냐는 듯 시치미를 떼고 있는 꼬마의 모습에 이윤호는 분노와 적개심보다는 불쌍하고 안 돼 보여 가슴을 더욱더 아프게 하고 있다.

홍귀연이 꼬마 옆으로 다가가 어깨를 살짝 치며 "여기 계신 최만수 씨가 없었다면 이윤호 당신은 내가 절대로 찾을 수가 없었을 테지. 이 분께서 당신의 일거수일투족 모든 것들을 나에게 제공했거든. 우리로서는 아주 대단한 일을 해주신 분이라고 칭송할 따름이야. 참! 궁금하지? 내가 어떻게 여기 최만수 씨를 알게 됐냐고? 응, 시간은 없지만 그래도 이야기해주지. 이윤호, 당신이 얼마나 인생을 헛살고 있는지 증명하기 위해서."

이윤호는 두 팔을 바닥에 내려놓고 고개를 떨군 채 아무런 말없이 홍귀연의 말을 듣고 있다.

"그때가 아마도 5월이었지? 난 지난 3년간 너를 찾기 위해 얼마나 노력을 했는지 모를 거야. 왠지는 네가 더 잘 알고 있으리라 생각해. 당신을 찾기 위해 여기저기 수소문을 하며 찾다가 어느 날 내가 고용한 해커를 이용해 경찰청 범죄수사과에서 진행되는 수사를 해킹하게 됐는데, 거기서 뜻밖에도 이윤호 당신의 수사기록이 작성돼 있더라고. 그래서 내가 당신의 모든 자료들을 빼려고 했는데, 중간에 다른 해커 조직이 중국에 서버를 이용해서 당신의 자료를 빼가려고 하는 것을 발견했지. 난 그래서 누가 또 이윤호의 자료를 필요로 하나 하고 알아봤더니 여기 계신 최만수 씨가 아니겠어……. 참으로 이상한 일이라고 생각하고는 최만수 씨에게 은밀하게 접근했지. 왜 이윤호에 대한 관심이 많냐고. 그랬더니 처음엔 그 알량한 의리를 앞세워 거절을 하더군. 그러나 자기들만의 그 굳은 의리도 돈 앞에선 한 줄기 바나나 껍질에 불과하지. 무슨 이야기냐고? 잘 익은 바나나를 먹으려면 껍질을 위에서 밑으로 내려까면 그 속에 아주 맛있는 바나나의 속살이 드러나지. 그러나 아무리 그 속살을 먹으려 해도 겉에 있는 껍질을 먼저 벗긴 다음에 먹어야 한다는 규칙이 존재하지. 그래서 내가 최만수 씨에게 먼저 제안을 했어. 지금 이윤호가 어마어마한 돈을 가지고 있으니 그 이윤호가 발라놓은 바나나 껍질과 같은 것들을 모두 제거하고 나와 함께 그 알맹이 같은 돈을 찾아서 반으로 나누어 갖자고. 그랬더니 바로 응답이 오더군. 약속은 반드시 지키라고. 그래서 나와 최만수 씨는 너를 잡기 위해서 지금까지 연극을 했고 넌 그 연극에 아주 잘 속아 넘어가주셨던 거지."

이윤호는 서서히 고개를 들며 꼬마를 무표정한 얼굴로 쳐다본다.

"그런 눈으로 날 보지 말아요! 아저씨는 늘 나더러 평생 성실하고 일관성 있는 삶을 살라고 강조했어요. 그러나 난 그 말이 아주 듣기가 싫었어요. 왜냐면, 나더러 평생 남 밑에서 지시나 받고 눈치나 보면서 내키지도 않는 친절을 남에게 평생하면서 살라고요? 전 그런 소인배 인생은 맞지가 않습니다. 그때 아저씨도 보셨죠? 고등학생들이 편의점에 와서 저에게 어떻게 하고 갔는지……"

무엇인가 크게 억울한 사람처럼 꼬마는 이윤호를 향해 계속해서 독설과 변명을 내뱉기 시작했다.

"난 하루하루 보잘 것 없는 생활 속에서 내가 무슨 희망과 계획을 갖겠어. 내 삶은 내가 뜻한 바와는 아무런 상관없이 가난과 고된 일상 그리고 병든 어머니의 병수발과 치료비 등등. 기대감으로써의 삶보다는 절규와 보이지 않는 미래만이 내 그림자처럼 따라다니는 현실 앞에서 난 뭘 해야 될까 고민했지. 그래서 난 배출구가 필요했고 그 결과⋯⋯."

"네가 찾았다는 삶의 배출구가 바로 이것이란 말이냐?"

이윤호는 꼬마에게 여태껏 기대와 믿음 그리고 삶의 동반자라고 생각했던 모든 사실들이 결국 허망한 결론으로 물거품이 되었다는 것을 알게 되었다.

"내가 그때 지하철 안에서 그토록 말렸는데 아저씨는 내 말을 듣지 않았어요. 덕분에 난 아저씨의 비밀을 지키려고 감옥에 갔고. 물론 우리 어머니를 치료해준 것은 고맙게 생각하지만 늘 아저씨는 난처한 상황들을 스스로 자초하는 일들을 거듭해왔지."

"⋯⋯."

이윤호는 다시 고개를 떨구며 큰 한숨을 내쉰다.

"저 또한 아저씨와 괜한 말장난 하고 싶지 않아요. 그러니 **빨리 나머지 돈이 있는 장소를 말하세요.**"

꼬마 또한 조용하면서도 착 깔린 목소리로 말했고, 눈은 날카롭게 이윤호를 쳐다보고 있다. 이윤호는 꼬마의 반응에 너무도 안타까움을 금치 못하며, 또 한 편으론 놀라움과 배신의 분노가 치밀어 악을 쓰고 고함을 지르고 싶었다. 하지만 그럴수록 저들에게 본인 스스로의 불리함을 드러내는 것 같아 가까스로 억누르며 참는다. 그러나 꼬마와의 지금껏 같이 지내온 시간과 추억 그리고 끈끈했던 의리를 상기시키며 이윤호는 다시 한 번 차분한 마음과 어조로 꼬마에게 설득하려 시도해본다.

"이봐, 꼬마! 아직도 늦지 않았어. 내가 모든 것을 용서해 줄 테니 지금이라도 저 문을 통해 밖으로 나가. 넌 아직도 많은 일을 할 수 있고 또 좋은 일도 더 많이 하……."

"집어 치워!"

앙칼진 목소리로 이윤호를 향해 홍귀연이 소리친다.

"이봐, 꼬마! 난 너를 잘 알아. 겉으론 믿지 못할 말과 행동들을 하지만, 주의 깊게 들여다보면 본인 스스로 판단이 된 사람에게는 따뜻한 마음과 더불어 믿음과 강한 의리로 관계를 맺는 녀석이라고 나는 굳게 믿는다. 그러니 빨리 이곳에서 나가……."

이번에는 꼬마가 이윤호의 말을 잘라 아까완 비교가 되지 않는 무서운 눈빛과 함께 떠들어댄다.

"이 씨발, 개소리 집어치워! 나는 모든 것에 굶주리며 살아왔어. 가족과 학업, 그리고 따뜻한 손길이 난 누구보다도 그립고 간절했어. 돈이 없어 배는 늘 고팠고, 돈이 없는 나를 사람들은 무시하고 천대했지. 당신이 배고픔을 알아? 먹을 것이 없어 길거리에 버려진 먹다 남은 찌꺼기 빵조각을 먹어봤냐고? 엿 같은 세상……. 아직도 국민소득 몇 만 불에 산다고 떠들어 대곤 하지만 아직도 우리같이 가난한 사람들에겐 아무 상관이 없는 시궁창의 생선과 같은 소리지. 세상은 나 같은 인간에게 기회와 희망보다는 혹독하고 비정한 멸시만이 있다는 것을 가르쳐줬지. 그래서 내가 얻은 결론은 바로 돈이야. 당신이 죽인 사장의 돈이면 나도 더 이상 이 힘든 세상과도 작별이라고. 해서 난 그 돈이 필요해, 반드시. 그러니 헛소리 그만 집어치우고 빨리 말해. 돈은 어디에 숨겼어?"

이윤호의 설득에 조금도 바뀔 마음이 없다는 것이 증명된 이상 꼬마도 저들과 같은 쓰레기로 판단이 된 이윤호는 원망이 가득한 눈으로 목에 핏대를 세우며 꼬마를 향해 크게 소리친다.

"이것이 나를 위해서 징역살이까지 살아준 네놈의 의리라는 것이냐!"

"우리의 비즈니스 관계는 이젠 이것으로 다한 것 같네. 약간은 미안한 마음이 들기는 하지만 그동안 우리엄마……."

꼬마의 어머니 말이 나오자 이윤호는 더없이 노여운 눈빛으로 꼬마를 노려본다.

"넌 저들이 약속을 지킬 것이라고 믿고 있나본데 조금 있으면 저들의 진실을 곧 알게 될 것이다. 지금까지의 인생 공부가 고작 이것이란 말이냐?"

이윤호는 깊은 한숨을 쉬며 고개를 숙이곤 작게 도리질을 한다.

"이봐요! 당신이 나와 한 약속은 반드시 지켜주겠지요!"

꼬마는 홍귀연에게 굳은 표정으로 질문한다. 그러나 꼬마도 지금의 이 순간이 어린 나이에 감당하기에는 조금의 두려움이 있는지 그 목소리에선 가늘게 떨고 있다는 것을 느낄 수 있었다. 알 수 없는 미소를 지으며 홍귀연은 꼬마를 안심시키려는 듯 다정하게 다가가며 말한다.

"그건 걱정하지 마. 그 대신 최만수 씨는 빨리 저 이윤호를 잘 설득시켜서 돈이 어디에 있는지 알아봐줬으면 하는데, 할 수 있겠지?"

그러면서 이윤호에게 빼앗은 총의 소음기를 장갑 낀 손으로 다시 돌려 빼고는 그것을 바닥에 버린다. 그 모습을 보고 있던 꼬마가 어느덧 뒤를 돌아 이윤호를 향해 천천히 걸어가며 한 손에는 작은 칼을 들고 두려움과 원망이 가득한 눈빛으로 다가가고 있을 때였다.

"탕!"

그때 한 발의 총성과 함께 어느덧 조용했던 창고 안은 엄청난 총성 음이 창고 구석구석에까지 울려 퍼지며 둔탁한 소리와 함께 바닥으로 무엇인가 부딪히는 장면이 이윤호의 눈앞에서 일어났다. 이윤호는 앞에서 일어난 광경들을 보자 지그시 눈을 감으며 고개를 아래로 떨구곤 더러운 두 손으로 얼굴을 감싸고 아무런 미동도 없이 그 자리에 있다.

홍귀연이 쏜 총알은 꼬마의 뒤통수를 관통하여 좌측 눈알이 터지며 앞으로 튀어나왔다. 눈과 뒷머리에는 잠시나마 짧은 분수대 같은 핏줄기가 연이어 나오더니 지금은 작은 개울을 만들며 머리 옆으로 고여 있다.

어디에서 누군가가 꼬마에게 전화를 했는지 꼬마의 주머니 속에선 휴대폰의 진동소리가 요란하게 울리며 죽은 꼬마의 주검을 흔들고 있다.

"아직도 이런 순진한 녀석이 있다니 참으로 놀라운 일이 아닐 수 없어. 안 그런가? 이윤호."

이윤호는 서서히 고개를 들며 지그시 두 눈을 뜨고는 말한다.

"나를 당장 여기서 죽여라. 그렇지 않고 날 살려둔다면 너희들은 이 세상에서 가장 고통스러운 방법으로 너희들의 죗값을 피부로 느끼게 해주겠다."

그 말과 함께 앞에 쓰러져있는 꼬마의 주검을 보면서 무신론자인 이윤호가 잠시나마 어떤 신에게 기도를 올리고 있다.

'만약에 진정으로 신이 있으시다면 지금의 일을 반드시 기억해 주시길 바랍니다. 단지 인간으로서 가질 수 있었던 허황된 욕심의 결과가 이것이라면 신께서는 참으로 잔인하십니다. 이러한 일들을 만들고도 저들을 벌하지 못하신다면, 제가 신을 대신해서 저들을 잡아 갈기갈기 찢어 죽여 신께서도 놀랄만한 책임을 물을 것입니다. 그러니 더 이상 증오의 복수를 멈출 수 있게 하시려면 저를 이 자리에서 죽게 하옵시고, 그것이 아니시라면 저를 살려주신 후회를 톡톡히 보여드리겠나이다.'

"흥, 뭘 그리 감상에 젖어 있는가? 왜? 설마 사람 시체를 처음 보는 것은 아니겠지?"

다시 총구를 세워 이윤호가 있는 쪽으로 홍귀연이 천천히 다가가고 있는 순간, 갑자기 창가에서 주먹만 한 무엇인가가 창고 안으로 들어와 바닥에 떨어졌다. 두 개의 물체는 바닥에 닿자마자 흰 연기와 최루가스를 사방으로 뿜으며 이곳의 시야와 공기를 순식간에 구석구석 채우기 시작했다. 갑작스러운 상황에 모두들 당황해 하며, 입과 코를 손으로 가리기 시작했다.

그러면서 줄곧 이윤호의 뒤에서 지키고 있던 놈이 잠깐 한 눈을 판 사이에 엎드려있던 이윤호가 놈이 총을 들고 있던 오른손을 한 발로 걷어찼다. 그 바람에 총은 흰 연기가 난 어느 곳으로 날아갔다. 곧 이윤호는 다시 한 번 그 틈을 이용하여 이곳에 온 직후 꼼꼼하게 머릿속으로 스캔을 하던 기어들을 더듬어 무사히 그곳을 빠져나올 수가 있었다.

그 시각이 오후 3시 40분.

"야, 차소라! 빨리빨리 좀 먹어라. 할 일이 태산이야……."

"아이 참, 밥 먹을 땐 개도 안 건드려요!"

차소라와 한만영은 이미 저승사람이 된 최만수를 찾고 있다.

"에이 씨, 이 자식은 왜 전화를 받지 않는 거야. 뒤졌나? 이 자식을 빨리 만나야 그나마 일이 좀 풀리는데, 이거 큰일이구만……."

차소라가 마지막 남은 빵조각을 입에 다 털어 넣으며 배부른 소리를 한다.

"아, 배부르다. 이젠 또 슬슬 움직여볼까."

"넌, 참 팔자도 좋다. 난 지금 속이 다 썩어 가는데……."

이때, 한 통의 전화가 한만영 형사에게 걸려온다.

"여보세요?"

"예, 계장님. 저 이정욱입니다."

"그래, 무슨 일이야?"

"다름이 아니라 방금 인천에 있는 경찰서에서 정보가 들어와서 혹시 참고가 될까 하고 전화 드렸습니다."

"뭔데?!"

"조금 전에 인천의 한 폐쇄된 창고건물에서 시신이 발견됐다고 합니다. 그 시신이 머리에 총상을 입고 사망을 했는데, 시신 옆에 떨어진 총알과 탄피가 최근에 흉악범들을 잔인하게 죽인 이윤호의 총알로 판명이 났다는 국과수 정보입니다. 인천경찰서에서 근무하는 제 친구가 미리 정보를 빼내어 저에게 살짝 알려줘서 이렇게 전화 드리는 것입니다."

"죽은 피해자 신원은?"

"예, 그냥 일반전과자로 흉악범은 아니라고 합니다."

한만영은 이정욱의 말을 듣고 피우고 있던 담배를 바닥에 버리고는 급하게 묻는다.

"확실한 정보야?!"

"예. 제가 믿을만한 친구에게 얻은 정보라 틀림없습니다."

"알았어, 수고했어."

통화가 끝나고 한만영은 차소라를 쳐다보지도 않은 채 주차된 차량 쪽으로 황급히 뛰어간다. 차소라도 무엇인가 일이 크게 터졌다는 생각에 아무 말 없이 한만영의 뒤를 쫓아 뛰어간다. 차 안에서 자초지종을 이야기한 한만영은 상당히 격앙된 모습으로 차창 밖을 바라보고 있다.

"이윤호, 이 살인마. 이젠 흉악범을 잡아서 잔인하게 죽이는 것도 모자라 일반범죄자들까지도 그냥 총으로 쏴 죽이는구만……."

"아무리 생각해도 이해가 안가요."

"뭐가?"

"이윤호가 하는 행동들이요. 왜 흉악범들만 잡아서 죽이는 건지 도무지 알 수가 없잖아요."

"야, 아까 내 얘기 뭐로 들었냐? 이젠 일반범죄자들도 죽이고 있다고 하잖아. 이놈이 정말 눈에 보이는 게 없나보지."

"만약에 이윤호를 잡으면 꼭 직접 제가 가서 물어볼 거예요. 왜 그런 짓을 했냐고?"

"만약이 어디 있어 이 사람아! 난 말이야 한편으로는 그 이윤호가 영원히 잡히지 않았으면 하는 생각을 할 때도 있었어."

이 말을 들은 차소라가 한만영을 의아한 표정으로 쳐다본다.

"무슨 말씀을 하고 계세요. 이윤호는 꼭 잡아서 죗값을 받아야죠. 그리고 그 이윤호를 잡는 일이 우리가 해야 할 일이구요……."

한만영은 차소라의 말에 쓴 웃음을 지으며 다시 차창 밖을 쳐다본다. 그러면서 평소와는 다른 모습으로 이야기를 꺼낸다.

"우리가 경찰생활을 하면서 얼마나 수많은 일들을 겪어왔어. 그중에 흉악범들은 단골로 이 사회에서 등장하는 메뉴가 되어버렸지. 그런데 그 더러운 메뉴판의 메뉴들은 늘 존재하지만 세상이 변해서 그런지 이제는 그런 것들도 이 사회에서는 보호하려는 움직임들을 보이곤 하지."

"누가 그들을 보호한다고 그러시는 거죠?"

"그건 바로 인간이 만든 법이 그 일에 앞장서면서 지켜나간다고 할 수 있지. 무슨 소리냐 하면 얼마 전에, 혹시 생각 날거야. 두 부부가 밤에 횡단보도의 초록색 신호등을 보고 길을 건너가는데 어느 승용차가 그 부부를 치고 달아난 사건이 나라를 떠들썩하게 했는데, 얼마 지나 그 뺑소니 범을 잡고 나서 모든 국민들은 아주 중형에 처하기를 바라고 있었지. 또 법도 그렇게 적용이 되리라고 믿었는데, 결과적으로 법원의 최종 판결은 징역 7년의 선고가 떨어졌어, 징역 7년……. 사람을 둘씩이나 죽이고 그 가정을 파탄으로 몰고 간 놈에게 겨우 징역 7년……"

이 말을 들은 차소라도 조금은 흥분이 됐는지 "맞아요. 그렇게 말씀하시니 참 어이가 없네요. 경찰로서 이런 말을 해서는 안 되지만 사람의 목숨이 참 값어치가 없는 것 같아요. 사람 참 죽일만하네요……" 하며 씁쓸한 표정을 짓는다.

"그래서 이윤호 같은 사람이 만들어진 것 같아. 어차피 징역살이 해봐야 소용없는 인간들 모조리 잡아서 두 번 다시는 그런 짓 못하게 아주 그 씨를 말린다면 나는 아주 대찬성이야……. 그러나 난 경찰이고, 이윤호는 비록 살인마지만 그래도 개인적으론 영원히 잡히지 말고 계속해서 흉악범들을 없애줬으면 싶어."

"그럼 만약에 계장님하고 그 이윤호가 단둘이 만나게 된다면 어떻게 하실 거에요?"

순간적인 질문에 한만영은 머리를 긁적이며 당황스러워한다.

"글쎄……"

"에이, 그냥 모른 척하며 지나가신다고 하실 줄 알았는데. 계장님도 어쩔 수 없는 경찰이시네요."

"……"

한만영이 팔짱을 끼며 무표정함으로 앞을 향해 바라본다.

잠시 후, 인천의 한 경찰서에 도착한 차소라와 한만영이 급히 차에서 내리고는 중앙현관으로 들어가려고 했다. 그때 두 사람을 가로막으며 한 여경이 "혹시 서울에서 오신 형사 분들이세요?" 하고 묻는다.

키가 크고, 눈이 큼지막하며, 갸름한 얼굴에 순경 계급의 제복을 입고, 명찰에는 김옥환이라는 이름이 붙어있다.

차소라가 눈앞의 여경을 유심히 살피면서 어디에선가 봤다는 듯 고개를 살짝 틀어가며 생각을 한다.

"아, 맞다! 혹시 이정욱 형사님 아시죠?"

이 말에 김옥환은 부끄러운 듯 살짝 고개를 숙이며 웃는다.

"이정욱 형사님 휴대폰 액정에 항상 어느 여자 사진이 보였는데, 그 사진의 주인공이 바로 이분이셨구나……."

"이정욱이가 언제 여기까지 와서 연애를 했지……."

한만영은 차소라와 김옥환을 차례로 쳐다본다. 그런 김옥환은 부끄러운 상황을 빠져나오려는 듯 두 사람에게 급히 말문을 연다.

"오늘 오후에 저희 관서로 한 통의 신고전화가 왔었습니다. 오래된 부둣가 주변에 폐쇄된 큰 공장 창고가 있는데 그곳에서 흰 연기가 나고 총소리가 들렸다면서. 그래서 소방차와 저희 순찰차가 동시에 출발해서 현장에 도착해보니 그 안에 한 구의 시체가 있었습니다. 뒤통수에 총상을 입은 20대 남자로 이름은 최만수, 주소는 서울……."

이때, 한만영은 두 눈을 부릅뜨고 놀란 토끼처럼 김옥환의 말을 가로막는다.

"누, 누구라고?"

덩달아 놀란 김옥환도 다시 서류를 쳐다보며 답한다.

"예, 최만수. 나이는 정확히 20세. 집은 서울……."

"이봐, 김옥환 순경. 지금 창고에서 발견된 사망자 어디에 있지?"

"예, 경찰서 바로 옆에 있는 병원 시체보관소에 있습니다."

"그럼 빨리 그리로 안내 좀 부탁하네."

그렇게 두 사람은 김순경의 안내에 따라 지하 2층에 있는 시체보관소에 도착했다.

낡은 흰색의 벽타일은 때가 묻어 얼룩이 졌으며, 그 앞에 업소용 냉장고만한 큰 시체보관용 냉동기가 있었다. 김옥환이 그곳으로 다가가 사각의 두꺼운 문을 열자 흰 천으로 얼굴이 가려진 시신 한 구가 조용히 누운 채 세 사람을 맞이했다.

김옥환이 조심스럽게 얼굴에 가려진 흰 천을 올리며 뒤에 있는 두 사람을 지그시 쳐다본다. 그러자 한만영은 좀 더 자세히 시신의 얼굴을 살펴보려고 한 발짝 발걸음을 옮기며 두 눈을 크게 뜨고는 "아니, 이 자식이 왜 여기에 누워있는 거야. 응……. 야! 최만수. 너 지금 여기에 이러고 있으면 병든 너희 어머니는 누가 돌보냐……." 하며 안타까운 표정과 함께 윗니로 아랫입술을 지그시 깨문다.

"혹시 이 사람이 그 달동네에?……"

차소라의 질문에 한만영은 아무 말 없이 살짝 고개만 아래로 내린다.

시체의 확인이 끝난 세 사람은 지금 1층 로비의 작은 의자에 앉아 자판기 커피를 마시고 있다.

"죽은 사람이 아시는 분이라서 유감입니다."

"이윤호 이 자식, 최만수가 무슨 흉악한 짓거리를 했다고 죽이기까지 했단 말이야. 이 죽일 놈……."

차소라가 다 마신 커피의 종이컵을 살짝 깨물며 의아해 한다.

"저도 의외네요. 이윤호가 이젠 흉악범이 아닌 사람도 죽이기 시작했다니……. 혹시 뭔가 잘못된 것은 아닌지……."

이 말을 들은 한만영은 퉁명스러운 표정과 말로 차소라를 쳐다본다.

"뭐가 이상해! 증거가 명백하게 나왔는데, 안 그런가, 김순경!"

"예, 맞습니다. 안타까운 일이지만 최만수의 머리를 관통한 총알이 요 몇 년 사이에 있었던 흉악범들의 시신에서 발견된 것과 일치한다고 국과수 결과가 나왔으며, 이윤호의 지문이 묻어 있는 소음기도 그곳에서 함께 발견됐으니 명백한 이윤호의 살인이라고 믿을 수밖에 없습니다."

"그럼 이상하네요. 이윤호가 진짜로 최만수를 죽였다면 무슨 죄로 왜 죽였을까요? 제가 이윤호의 입장에서 본다면 꽤 상식에 어긋나는 일인데……."

이 말과 함께 차소라는 입에 넣은 종이컵을 이젠 뜯어서 조금씩 씹고 있다.

"저도 그렇게 생각해요. 이윤호라는 그 사람 저도 정보과에서 살짝 들었는데, 그 사람이 살인한 흉악범들하고는 전혀 다른 죄목의 최만수를 살인한 것은 좀 이상하다고 봐요."

두 사람의 이야기를 듣고 있던 한만영은 한 손에 쥐고 있던 종이컵을 힘주어 구기며 말한다.

"이상하긴 뭐가 이상해! 자신의 정보를 혹시 최만수가 알고 있으니깐 입막음으로 죽인 거지."

"아니, 계장님께서는 어떻게 그걸 단정지으세요? 방송국 PD에게 이윤호의 정보를 준 사람은 여자라고 했는데……."

"그런가……."

한만영이 고개를 삐딱하게 들어 차소라를 쳐다본다.

"아무튼 최만수가 죽었으니 앞으로 어떻게 정보들을 몰래 빼오나……."

이 말에 차소라는 옆에 있는 김옥환을 의식해서 그런지 한만영에게 얼굴을 찌푸리며 두 눈으로 김옥환을 향해 그어보였다. 그런 차소라의 눈치를 무시하며 한만영은 "야! 차소라, 너 나랑 내일 같이 경찰복 벗어야겠다." 하며 그 자리에서 일어나 주차

장 쪽으로 걸어간다. 차소라도 김옥환에게 인사를 나누며 한만
영의 뒤를 쫓아간다.

'누구지? 누구지? 누가 그곳에 와서 연막탄을 던지고 날 구
하려고 했던 것이지?'

이윤호는 지금 자신의 집으로 돌아와 급박했던 좀 전의 상
황들을 되새기며 자신을 구해준 사람의 정체와 어린 나이에 자
신이 감당할 수 없었던 뜬구름 같은 욕심 때문에 불쌍하게 생
을 마감하게 된 꼬마를 생각한다. 그러면서 다시 한 번 인간쓰
레기들에 대한 적개심과 복수를 다짐함과 동시에 연막탄의 주
인공을 찾아내야 한다는 또 다른 고민에 빠져들었다.

'그렇다면 나에 대한 정보를 알고 있는 세력들은 홍귀연과 경
찰 그리고 그 연막탄의 주인공……. 꼬마가 죽기 전까지도 홍
귀연과의 정보공유와 동시에 그 연막탄의 알 수 없는 인간과도
공유를 했을지도 모르는데 도무지 알 수가 없구나. 총도 빼앗
기고, 총이 없으면 그들을 상대하는 데 어려움이 큰데 빨리 다
른 총을 구입해야겠다. 그리고 정보를 제공받을 곳이 막혔다.
그렇다고 해서 지금으로써는 당장 누구를 믿고 정보를 부탁할
사람도 없구나.'

이윤호는 죽음의 문턱에서 알 수 없는 사람의 도움으로 무사
히 집으로 돌아올 수 있게 되었다. 그러나 이윤호는 도움을 준

알 수 없는 사람에 대해 또 다른 의구심보다는 또 하나의 적이 그의 목숨을 노릴지도 모른다는 불안감이 엄습해 왔으며, 불행한 그의 미래를 더욱더 불안하고 힘들게 하기에 충분했다. 그러면서 다시 얼굴에 변장을 하고 죽은 자식을 애타게 슬퍼하는 꼬마의 어머니께 가기로 마음먹었다.

서울 변두리 어느 작은 병원의 장례식장에는 찾아오는 문상객 하나 없이 쓸쓸히 죽은 아들의 영정사진 앞에서 쭈그리고 앉아있는 힘없는 그의 어머니가 이윤호의 눈앞에 들어왔다.

'어떻게 보면 저 꼬마는 내가 죽였는지도 모른다. 내가 조금만 더 신경을 쓰고 조금만 더 도와줬다면 아마도 꼬마는 다른 평범한 자신의 또래 나이 사람들과 잘 어울리며 어머니와 행복한 삶을 살 수 있었을 텐데. 그를 막연히 한 인간의 인격체로 보지 못하고 내가 필요한 일들을 시키며 무조건 착하게만 살라고 강조했던 나도 너의 죽음에 책임이 있다고 생각한다. 나의 잘못된 판단과 생각들로 인하여 아까운 젊은 청년의 목숨을 이리도 빨리 지게 했다는 사실에 깊은 반성과 슬픔으로 칼로 가슴을 도려내는 듯한 심정이구나. 부디 저승에 가서 편히 쉬길 바라며, 다음 생에 다시 태어난다면 좋은 가정에서 네가 이룰 수 있는 꿈을 펼치며 행복하게 살기를 진심으로 기원한다. 잘 가라, 만수야.'

"누구신지요?"

고인에게 절을 올리고 나서, 이윤호는 꼬마의 어머니와도 절을 나누었다.

"예, 최만수 씨와 가깝게 지내온 사람입니다."

"그러십니까? 여기까지 와주셔서 감사드……."

갑자기 나오는 기침에 말문을 닫고 한 손으로 입을 막으며 고개를 숙인다. 그런 어머니의 모습을 본 이윤호는 가까이 다가가 살짝 부축한다.

"괜찮으십니까?"

그러자 어머니는 괜찮다는 듯 이윤호를 살짝 보고는 고개를 끄덕인다.

잠시 후, 기침이 멈추고 안정을 되찾은 어머니에게 이윤호가 말문을 연다.

"저는 아드님과 서로 가깝게 지내면서 저에게 많은 도움을 주었습니다."

"전과자인 우리 아들이 누굴 도왔다니 참으로 이상한 일이네요."

"그런 말씀 마십쇼. 전과자라고 해서 모두 다 나쁜 사람들은 아닙니다. 바로 아드님 같은 분이 그 대표적인 예라고 생각합니다."

"감사합니다. 어디서 무엇을 하시는 분인지는 몰라도 우리 아들을 생각해 주시는 분은 처음이시네요. 주변에선 늘 제 아들을 욕하고 싫어했는데……."

어머니는 다시 기침을 하기 시작했다. 그 기침 소리를 들을 때마다 이윤호의 마음에는 차가운 영안실에서 누워있는 꼬마가 듣는다면 얼마나 슬퍼하고 가슴 아파할 것인지 아마도 꼬마스스로 아픈 어머니를 홀로 두고 먼저 떠나는 저승길이 편하지만은 않을 거라는 생각에 또 한 번 이윤호의 가슴을 때렸다.

다시 기침이 잠잠해지고 이윤호는 주머니에서 미리 준비한 봉투를 어머니의 손에 살짝 쥐어드리고는 "이 돈은 평소에 최만수씨가 저에게 도움을 준 감사의 표시로 조금 가져왔습니다. 그러니 이 돈으로 장례도 치르시고 또 병원에 다시 입원하여 병이 모두 완쾌되어 건강한 모습으로 살아주셨으면 합니다."라고 말하며 밖으로 나왔다.

밖으로 나온 이윤호는 눈가에 눈물이 고인다. 자신의 기구한 삶과 운명을 탓하듯. 그의 가족에 대한 기억이라곤 그저 영화속의 추억과 같은 단편적인 기억만이 남아있을 뿐이다.

"아버지, 어머니, 미희야……. 왜 저만 남겨놓고 이렇게 살게 내버려두시나요."

8. 또 다른 살인자

"뉴스를 알려 드립니다. 오늘 새벽 4시 20분경 서울역의 한 허름한 건물 골목에서 머리에 총상을 입은 40대 노숙인 두 명의 시신이 발견됐습니다. 총상을 입은 두 노숙인은 아무런 외상없이 머리 부분만 총으로 두 발씩 맞은 것에 대해 경찰이 수사에 나섰다고 합니다."

뉴스가 나가고 1시간이 흐른 뒤 이윤호 관련 수사 2과에서는 긴장된 모습으로 모든 형사들이 모여 사태의 심각성에 대해 논의하고 있다.

"이봐, 한만영 형사. 그 방송국 수사는 잠시 보류하고 지금부터 내가 지시하는 사항들만 수사할 수 있도록 한다. 여러분들도 오늘 아침 뉴스를 들어서 알겠지만 오늘 새벽 04시 20분경 구 서울역 뒷골목의 낡은 국수가게 골목에서 두 구의 시신이 발견됐다. 각각 3미터 간격으로 머리에 총상을 입고 쓰러진 노숙자를 새벽에 우유배달원이 발견하고 신고한 사항이다. 현재로서는 아무런 단서나 증거 그리고 목격자나 지문도 전혀 나오지 않은 사항이다."

과장의 사건브리핑을 들으면서 차소라와 한만영은 서로 눈빛을 주고받으며 한 가지 확신하지 않는 사람을 떠올리고 있다.

"지금 차소라, 한만영 형사 뭐하고 있나!"

과장이 큰소리로 두 사람을 꾸짖고 있다.

" ……."

두 사람 모두 멋쩍은 표정으로 고개를 숙인다.

"집중하시오!"

" ……."

"여러분들도 혹시 엉뚱한 수사의 선입견으로 수사에 혼선을 갖지 않도록 주의하시기 바랍니다. 현재 모든 언론과 방송에서는 이윤호를 이 사건의 유력한 용의자로 몰고 가지만 우리는 경찰입니다. 확실한 근거와 증거로 사건의 단서를 잡는 집단들입니다. 앞으로 몇 시간 후면, 그 노숙자들의 시신 부검 결과와 총알의 성분 분석 결과가 도착할 것입니다. 그러니 잠시 기다렸다가 국과수 결과가 나오는 대로 수사의 향방을 결정하겠습니다. 질문 있습니까?"

그러자 이정욱 형사가 손을 들었다.

"노숙자들의 신원은 밝혀졌습니까?"

"그 두 노숙자의 신원은 신분증이 없는 관계로 지문감식으로 들어갔으니 잠시 후 그 내용도 같이 결과가 나올 것입니다. 또 다른 질문 있습니까? 없으면 해산하고 국과수 결과가 나오는 즉시 다시 이곳으로 모여주시기 바랍니다."

과장이 회의실을 나가자 각자 자리에 앉아있던 형사들은 모두들 웅성거리며 서로의 의견들을 주고받는다.

한만영 형사가 자리에서 일어나 모든 형사들이 보는 앞에서 큰소리로 말하려 하자 차소라가 조용히 말하라는 표시로 입술에 자신의 검지를 가져다댄다. 그러자 한만영은 문을 열고 양쪽 복도에 고개를 좌우로 돌려 확인한 후 문을 걸어 잠그고는 조용한 목소리로 이야기를 시작한다.

"여러분, 이 사건은 분명히 이윤호가 했을 가능성이 매우 높습니다. 그 이유로 어제 제가 차소라 형사와 수사를 했지만, 이윤호는 이미 어제 제가 알고 있는 한 전과자를 총으로 살해했습니다. 그 친구 역시 머리에 총상을 입었으며 총알 감식 결과 이윤호가 쓰던 것으로 판명이 났습니다. 이윤호는 지난날 흉악범들을 잡아서 잔인하게 죽이는 것도 모자라서 이젠 선량한 사람들까지도 마구 죽이고 있습니다. 이 죽일 놈을 우리가 반드시 잡아서 법의 심판대에 세우도록 모두 합심하도록 합시다."

"그런데 이번 사건은 아직 국과수 결과가 나와 봐야 좀 더

사건의 실마리를 잡을 수 있다고 과장님께서 방금 말씀하셨는데요."

이정욱 형사가 되묻는다.

"야, 이정욱. 네가 뭘 알아 인마. 연애나 하고 돌아다니는 놈이. 너 지난번에 주차딱지 날아온 것도 모두 그 김옥환 순경하고 연애질하다가 걸린 거지?"

" ……."

"이윤호가 죽였든 이윤호 친구가 죽였든 저는 배고파서 아침밥 먹으러 갑니다."

차소라가 문을 열고 밖으로 나가자, 뒤를 따라 여러 형사들도 배가 고팠는지 조용히 회의실 문을 나선다.

잠시 후, 식사를 끝내고 다시 회의실로 모인 수사 2과 형사들은 각자 스마트폰으로 여러 가지를 검색하고 있을 때, 갑자기 회의실 문이 열리고 다시 과장이 들어왔다. 사뭇 비장한 표정으로 형사들과 마주친 과장은 A4용지로 된 국과수 결과서의 복사본을 하나씩 나눠주고 있다.

"자, 지금부터 그 자료들을 보면서 내가 설명하겠습니다. 우선 두 구의 노숙자 시신에서 나온 총알은 러시아제 SD-61이라는 소음기가 장착된 권총으로 탄창 수 12발, 9밀리에 무게는 800그램으로 아직도 러시아에서 사용하는 권총으로 감식 결과가 나왔습니다. 그리고 죽은 노숙자들은 아무런 특이사항들이 없는 일반적인 노숙인으로 이번 사건과는 전혀 무관하다는 결론이 나왔습니다. 그래서 제가 생각한 것은 누군가가 지금 한참 세상을 떠들썩하게 하고 있는 이윤호를 따라 하는 모방범죄의 가능성이 보이고, 또 하나는 이윤호를 더욱더 질 나쁜 살인마로 만들기 위한 수단으로 의심이 됩니다. 그 이유는 이윤호가 가지고 다니는 총은 MK20으로 탄창 수 9발, 9밀리에 무게는 850그램의 총으로, 지금도 미국의 네이비실에서 사용 중인 권총으로 노숙인의 것과는 전혀 다른 총기로 구분이 됐습니다."

"그렇다면 누가 왜 이윤호를 따라하거나, 혹은 그가 미워서 아무런 죄도 없는 사람들을 죽이는 걸까요?"

차소라가 과장에게 묻는다.

"그것은 저도 모릅니다. 그런데 더 중요한 것은 어제 있었던 총알의 모양이 지난 사건과 다르다는 점에서 두 사건의 살인자를 같은 사람으로 보기는 어렵습니다."

"한 사람이 두 가지 총으로 각각의 사건을 저질렀을 수도 있지 않을까요?"

이연강 형사가 말했다.

"저도 그 점이 꽤나 의심스러웠지만 어떠한 과학적인 증거가 없는 실정이라 뭐라 말씀드릴 방법이 없다고 봅니다."

이 말에 모두들 아무 말 없이 과장을 주시한다. 그러나 과장도 답답한 마음에 한숨만 쉴 뿐 팔짱을 끼며 칠판을 뚫어지게 쳐다보고만 있을 뿐이다. 이때 차소라가 살며시 일어나 한마디 한다.

"그럼 공개수사를 할 수는 없습니까?"

이 말을 들은 한만영은 한심하다는 표정으로 차소라를 쳐다보곤 눈을 흘기며 말한다.

"이봐요. 차소라 형사님, 그럼 경찰청에서 국민들에게 3년 전에 죽었다는 이윤호라는 살인마가 다시 살아나서 지금 흉악범들하고 일반인들을 총으로 마구 쏴 죽이니 보는 즉시 112에 신고 바랍니다 하고 9시 뉴스에 보내란 말입니까?"

"아니요, 제 뜻은 그게 아니라……."

주변의 눈치를 살피며 차소라가 말꼬리를 흐린다.

"공개수배는 현실적으로 불가능합니다. 한만영 형사의 말대로 함부로 공개수사를 하게 되면 오히려 사회적 공포심만 국민들께 끼칠 수가 있으니 아직까지는 우리가 할 수 있는 데까진 해보고 나서 다시 생각하는 것이 좋다고 봅니다."

그리고는 한 장의 사진을 과장이 들어 보인다. A4용지만한 사진은 한 남자의 얼굴만이 크게 확대가 된 모습이다.

"자, 여기를 자세히 봐주시기 바랍니다. 이 사진은 이윤호가 기록상으로 죽기 전 운전면허증에 부착되었던 사진으로 시간상으론 7년이 된 사진입니다. 평소 특수 분장을 배워서 변장에

능통하여 유령 같은 행동들로 경찰과 시민들을 놀라게 한다는 대표적인 특징 때문에 아직도 잡히지 않고 있습니다. 지난 번 브리핑 때도 제가 여러분들에게 저 이윤호를 반드시 우리가 잡자고 한 말이 기억나실 겁니다. 분명히 유령 같은 저 이윤호도 어딘가에 단점과 허점이 있을 것입니다. 다시 한 번 말씀드리지만 저 이윤호를 먼저 잡아야 수사상 나머지 범인도 잡을 수 있다는 희망이 생깁니다. 지금도 이 시간, 이윤호와 또 다른 이윤호 흉내를 내는 범인이 위험한 무기를 들고 시민들을 살상하며 이 사회를 공포로 몰고 있습니다. 그러므로 우……."

이때 급히 회의실 문이 열리며 의경계급장을 단 어린 경찰이 노크도 없이 수사 2과 회의실로 들어와 단상에 있는 과장에게 작은 쪽지 하나를 건네준다. 갑자기 쥐 죽은 듯 조용한 가운데 과장이 받은 쪽지를 읽어가며 매우 곤욕스러운 기색으로 얼굴의 미간에 잔뜩 힘을 주어 구기고 있다. 그 모습을 목격한 모든 형사들은 과장의 긴장한 모습을 주시하며 뭔가 큰일이 또 일어났다는 예측을 할 수 있었다.

"여러분, 지금 방금 올라온 사건입니다. 영등포역 여자 화장실에서 머리에 총상을 입은 30대 노숙인이 또 머리에 총상을 입고 시신으로 발견됐다는 급보입니다. 그러니 지금 즉시 모든 형사들은 그곳으로 가서 최대한 빨리 사건의 단서를 찾아오기 바랍니다. 이상!"

이윤호 또한 오전에 나오는 뉴스를 보고 경악을 금치 못했다. 그는 고민에 찬 모습으로 멍하니 어두운 방 안에 홀로 앉아 무거운 마음으로 여러 생각들에 몰두하고 있다. 홍귀연이 자신에게서 빼앗은 총으로 꼬마를 살해했고, 그것을 언론과 방송에서는 모두 자신의 짓이라 떠들고 있었다. 또 다른 살인마의 등장으로 죄 없는 사람들이 희생당하는 시점에서 이 모든 일의 화살은 홍귀연에게로 돌아가고 있었다.

'홍귀연, 네가 나에게 얻고 싶은 것은 절대로 얻지 못할 것이다. 다른 살인킬러를 고용해서 그토록 네가 나에게서 빼앗아 가려는 모든 것들은 내 생명이 살아있는 한, 아니 내가 죽더라도 결코 이룰 수 없는 허황된 꿈이라는 것을 느끼게 해주겠다.'

이윤호는 다시 변장을 하고 지금은 부산으로 향하는 고속도로를 달리고 있다. 그가 빼앗긴 총을 대신할 또 다른 총을 구입하기 위해 부산의 어느 밀수조직과 은밀히 접선하기 위해서다.

목적지에 도착하고 잠시 후 검은색 우비를 입고 한쪽 다리를 심하게 저는 사람이 이윤호 곁으로 다가와 조심스럽게 말을 건넨다.

"서울에서 오셨소?"

얼굴을 알 수 없을 정도로 모자를 깊게 눌러쓴 사람은 심한 생선비린내를 풍기며 이윤호에게 말한다.

"예."

"미안하지만 당신이 부탁한 것들은 내어줄 수가 없겠소이다."

"왜죠?"

주변을 두리번거리며 살짝 모자를 올려 이윤호의 눈을 응시한다.

"3일 전부터 전국에 있는 밀거래 조직들 사이에 특히 총을 거래하는 우리 같은 조직으로 한 통의 메일이 날아왔었소. 그 메일에는 당분간 총기를 그 어느 누구에게도 팔아서는 안 된다는 내용이었지. 만약에 총을 거래한 조직이 있으면 그 조직을 경찰에 모든 정보를 폭로하여 평생 먹을 콩밥을 먹게 해주겠다고 으름장을 놓은 상태라서……."

이윤호는 상대의 말을 듣자 놀라움과 실망감이 동시에 작용하며 다시 반문한다.

"혹시, 그 메일을 보낸 조직이 어느 조직인지 알고 계십니까?"

"예, 잘 알고 있죠. 바로 3년 전 죽은 우리나라 밀수조직의 최고 우두머리 조직에서 보냈더라고요. 이름은 잘 모르겠고 원주에서 죽었다는 소문을 들었는데 지금은 한 계집이 그 조직을 이끌고 있다고 합니다."

"여자가요?"

"예, 홍귀연이라고 하는 기생같이 생긴 년인데 아주 악질 중에 악질이라고 소문이 났습니다. 어느 조직이건 간에 그 여자 눈 밖에 나면 그 조직은 하루아침에 공중분해시켜버린다고 해서 모두들 그년 말이라면 죽는 시늉까지도 해야 한다고들 하지요. 물론 나도 마찬가지고……."

이 말을 들은 이윤호는 '듣던 대로 인간쓰레기들 중에서도 갑질을 하며 사시는구만.' 하고 생각했다.

"자, 그럼 저는 이만 가야겠습니다. 찾으시는 물건을 준비는 했지만 만약에 이것을 팔다가 그년에게 들킨다면, 그날이 제 제삿날이 되기 때문에 저야 돈만 받으면 되지만 그래도 하나밖에 없는 목숨을 걸고 싶지는 않습니다. 그러니 저는 이만 가고, 이 먼 곳까지 오셨는데 미안하게 됐습니다."

그가 다시 모자를 깊게 눌러쓰며 뒤돌아가려고 할 때 이윤호는 "잠깐만요!" 하고 급하게 그를 멈춰 세웠다.

"1억을 드리겠습니다. 부탁드립니다."

이 말을 들은 검은 우비의 남자는 다시 이윤호가 있는 쪽으로 몸을 돌렸다.

"비밀을 반드시 지켜드리겠습니다. 저는 그 물건이 절실히 필요합니다. 제가 죽기 전에 꼭 없애야 할 인간이 있습니다."

이 말을 듣고도 그가 관심이 없다는 듯 다시 갈 길을 가려고 움직인다.

"홍귀연! 바로 홍귀연이란 인간쓰레기를 죽이기 위해서 이곳까지 찾아온 것입니다. 바로 당신들이 무서워하는 조직의 우두머리 홍귀연, 내가 그 여자를 없애주겠습니다. 내가 당신에게 1억을 주고 그 홍귀연을 없애준다면 당신에게는, 아니 당신들에게는 상당히 유리한 거래라고 생각되는데요!"

아무런 미동도 없이 검은 동상처럼 서있는 남자는 눌러 쓴 모자를 한 손으로 벗고는 이윤호에게 가까이 가서 자신의 얼굴을 보여준다. 이윤호는 남자의 얼굴을 본 순간 깜짝 놀라고 말았다. 그 이유는 남자의 오른쪽 얼굴이 심하게 화상을 입은 상처로, 마치 멍게의 겉모양처럼 심하게 일그러져 있었기 때문이다.

"자, 내 얼굴을 잘 보시오. 이 얼굴은 5년 전 내가 그 밀수조직의 우두머리에게 약속을 지키지 않았다는 이유로 그 홍귀연이 끓는 물을 내 얼굴에 부어서 생긴 자국이요. 지금도 늘 그때의 일만 생각하면……."

잠시 동안 서로 아무 말 없이 눈빛을 교환했다.

"당신이 말하는 홍귀연이 내 얼굴의 장본인이란 것이 틀림없소?"

"예, 맞습니다."

그러자 검은 우비의 남자는 우비 속 몸 품 안에서 신문지로 돌돌 말은 물건을 꺼내어 이윤호에게 준다.

"당신이 찾는 물건이요. 이것을 받고 하나만 꼭 약속해주시오."

이 말을 들은 이윤호는 아무 말 없이 작게 고개만 위아래로 흔들었다.

"반드시 홍귀연을 죽이겠다고, 내가 준 이 총으로 반드시 그렇게 해줄 수 있다고 말해주시오."

"제 목숨을 걸고 그 약속을 반드시 지키겠습니다."

이윤호는 어금니를 살짝 깨물었다.

"좋소! 당신이 그 약속을 반드시 지키리라 믿고 나는 가겠소. 그리고 당신이 준다는 1억은 계좌번호를 적어줄 테니 그곳으로 보내주시오. 참고로 돈을 보낼 곳은 내가 자라고 공부했던 고아원이오. 난 비록 불법적인 일을 하지만, 나도 어쩔 수가 없었소. 이 사회에서는 나 같은 인간에게 그 어떤 기회조차도 주지 않고 있지……. 괜히 내가 쓸데없는 말을 했구려. 그럼 조심히 잘 가시오."

그는 주변을 살피고는 위태로운 걸음걸이로 자신이 왔던 길로 되돌아가고 있다. 그런 남자의 뒷모습을 보자 이윤호는 힘든 몸으로 험한 세상을 살아 온 삶의 역경을 그의 뒷모습에서 절실히 느낄 수가 있었다. 그러면서 한편으로 얼마 전 세상을 떠난 꼬마가 생각이 났다.

'하루하루 보잘 것 없는 생활 속에서 내가 무슨 희망을 갖고 계획을 세우겠어! 내 삶은 내가 뜻한 바와는 아무런 상관없이, 가난과 고된 일상 그리고 병든 어머니의 병수발과 치료비, 기대감으로서의 삶보다는 절규와 보이지 않는 미래만이 내 그림자처럼 따라다니는 현실 앞에서…….'

아직도 생생히 그의 삶을 저주했던 말들이 이윤호의 기억 속에서 잊혀지지 않았다. 그러면서 차에 시동을 걸고 다시 서울로 출발한다.

자신의 집에 도착한 이윤호는 부산에서 받은 물건을 식탁위에 올려놓고는 그것을 하나하나 살피기 시작했다. 여러 겹으로 돌돌 말아 포장한 신문지를 걷자 그 속에서 한 자루의 총과 탄창 그리고 실탄 50발과 소음기가 들어있었다.

'독일제 GA-2, 9밀리에 실탄은 10발, 무게는 900그램 소음기 겸용.'

이윤호는 총기류의 이상 유무를 점검하며 오로지 홍귀연만을 생각하고 있다.

"홍귀연, 음지에서 살면서 참으로 나쁜 짓거리를 많이도 하며 살았구나. 어째서 사람이 실수를 했다고 해서 그 뜨거운 물을 얼굴에 부어 그토록 사람의 속과 겉을 평생 고통 속에서 살게 한단 말이야. 사람의 목숨을 파리 목숨보다도 못하게 여기는 너는, 파리 목숨보다도 못하게 내가 잡아서 죽여줄 것이다."

이윤호의 절실한 심정은 하루빨리 홍귀연을 다시 만나 담판을 짓는 것이다. 킬러를 동원해 선량한 사람들을 죽이고 그 범행을 이윤호에게 뒤집어씌우려는 지금의 행동들을 종식시키기 위해서라도 그녀와의 목숨을 건 담판을 원하고 있다. 그러나 지금은 그녀를 만날 방법도, 기회도, 아무런 단서도 찾지 못하기 때문에 이윤호 스스로 답답할 따름이다. 그의 곁에서 늘 그림 자처럼 따라다니며 도움을 주던 계산된 조력자의 빈자리가 이 토록 크게 자리 잡을지는 생각지 못했기 때문이다.

그렇게 하루가 지나고 이윤호는 다시 부산으로 가서 어제 만 났던 검은 우비의 남자를 만나기 위해 준비 중이다. 그 이유는 아마도 홍귀연의 연락처나 숨어있는 장소를 혹시 알 수 있을까 하는 희망에서다. 운전석에 앉아 곧 출발하려 시동을 걸 때 한 통의 문자 메시지가 왔다. 발신자를 보니 죽은 꼬마의 번호가 틀림없었다. 뭔가 불길한 생각에 메시지를 열어본다.

> 이봐, 이윤호. 혹시 네가 맞다 면 난 지난번에 널 인천의 창고에 서 아쉽게 놓친 홍귀연이야.

이윤호는 마침내 기다리던 인간쓰레기의 소식을 먼저 듣게 되 니 한편으론 쓸데없는 수고로움을 하지 않아도 된다는 생각을 하며 쓸쓸한 웃음이 나왔다.

홍귀연, 그래 잘 기억하고 있지. 그때 널 죽이지 못한 것이 무척이나 아쉽구만······.

비겁한 놈. 밖에 네놈의 똘마니를 대기시켜놓고 뒤통수를 치다니······.

이봐, 이봐!
난 너희들처럼 뒤꽁무니에 뭘 달고 다니는 사람이 아닌데 어떡하나······.

뉴스를 봤겠지만, 너는 지금 내 덕에 많은 유명세를 타고 있는데, 너무 고마워하진 말라고.

무슨 소리? 고마워할 사람이 따로 있지. 지나가는 똥개 똥구멍에 낀 기생충만도 못한 인간쓰레기에게 그와 같은 헛된 씀씀이는 과분하다고 생각하지 않나!

이 개새끼가…….

못된 짓거리를 하고 다니니 역시 입에도 더러운 시궁창을 달고 다니네…….

네가 얼마나 버틸 수 있는지 내가 끝까지 한 번 지켜보겠어.
날 이길 자신이 있다고 생각하나?

글쎄…….
난 모든 준비가 다 되어 있으니 얼마든지 시간과 장소를 말하면 기꺼이 가서 상대해주지.

준비!
어제 부산에 가서 한쪽 얼굴이
해삼 멍게로 변한 놈에게 날 죽
이려고 총을 샀다고 하지?

이윤호는 문자를 보자 순간 당황하며 어제 일을 떠올렸다.

'홍귀연을 꼭 죽여 달라고 나에게 부탁까지 했던 검은 우비의
남자가 배신을 했단 말인가……'

왜 답문이 없지?
바지에 오줌이라도 지렸나?
내가 어떻게 알았는지 궁금해?

이윤호는 불안한 마음을 잠시 진정시키며.

역시 쓰레기들끼리는 뭔가 통하는
군. 내가 인정해주지. 진정한 이 시
대의 인간쓰레기들이라고 말이야.

그렇게 생각하나 이윤호! 천만에. 내가 누군지 아직도 파악을 못하는군. 난 조선 땅에선 그 누구라도 굴복시킬 수 있는 힘을 가졌다고. 내가 분명히 다른 조직들에게 절대로 총기의 밀거래를 불허했는데 부산에 사는 그 멍게 같은 자식이 내 말을 어기고 너에게 독일제 총을 팔았더군.

그래서 그 사람을 어떻게 했냐?

궁금하신가?
좋아! 그럼 내가 말해주지.
오늘 새벽에 산채로 묶어 해운대 바닷가에 던져버렸지.

이 개만도 못한 년.

아하, 한 가지 더.

어떻게 그 멍게 같은 놈이 너와 같이 있었는지 내가 알 수 있었냐고?

그건 말이야 그놈 부하가 나에게 정보를 줘서 알았지. 미안하지만 모든 조선팔도에 있는 조직들 중에는 한 명씩 심어둔 나의 정보원들이 들어차 있거든. 얼굴에 경고를 줬으면 조심을 해야지, 또 나를 실망시켜서 유감이었어. 그 멍게.

홍귀연의 문자를 받아 본 이윤호는 그녀의 만행에 경악을 금치 못하고 하루 빨리 그녀를 없애는 것이 더 이상의 억울한 생명들을 지키는 길이라 생각하며, 안면 근육에 힘이 잔뜩 들어가 미간을 구김과 동시에 다시 문자를 보낸다.

더 이상 선량한 사람들의
목숨을 해치는 일은 그만둬라!

그것은 네가 어떻게 하느냐에 달렸다, 이윤호.

네가 원하는 대로 그 사장의 돈을 줄 테니 네 밑에서 종노릇을 하는 살인 킬러의 짓거리를 당장 멈추게 해라!

무슨 말인지 통 알아들을 수가 없네……. 난 그런 지시를 한 적이 없는데 이거 어떡하나…….

시치미 떼도 소용없다. 그런 더럽고 잔인한 짓을 할 족속들은 너희들밖에 없다는 것을 스스로도 잘 알고 있을 텐데.

정말이야. 난 그런 짓을 시키지 않았어.

그러나 한 가지 중요한 것은 지금 노숙자들을 죽이고 다니는 인간 역시 널 무지하게 싫어하는 것 같아. 그렇지 않고서야 네 흉내를 내고 다니겠어?

네가 사람들에게서 비난의 화살을 받게 될 것이 뻔한데 말이야. 하하하.

그걸 지금 나더러 믿으란 말이냐! 거짓으로 얼룩진 너희들의 더러운 입에서 같이 숨쉬고 있는 것 자체가 불결하고 구역질이 날 따름이다.

그럼, 당신 마음대로 생각해.

난 무조건 네가 가지고 간 돈만 받으면 되니깐.

돈을 준다고 약속은 했으니 난 반드시 그 약속을 지키겠다. 그러나 또 다시 선량한 사람들을 죽였다는 소식이 내 귀에 들어오는 순간 그 약속은 자동적으로 깨지는 것이니, 네가 고용한 그 똘마니에게 반드시 전해라.

하하하, 들던 중 반가운 소리네……. 그럼 내가 별도로 시간과 장소를 메시지로 보내줄 테니 그때 네가 가지고 있는 돈을 모두 가져오길 바란다.

서로 한 약속을 서로가 깨지 않도록 잘 기억하길 바란다. 인간쓰레기!

메시지가 끝나고 이윤호는 차 안의 운전석에 그대로 앉아 잠시 눈을 감고 있었다. 그때 또 다시 핸드폰의 진동이 요란하게 울리며 이윤호의 작은 휴식을 방해했다. 발신자를 보니 선희가 입원해있는 병원에서 걸려 온 전화다. 이윤호는 통화버튼을 눌렀다.

"여보세요?"

상대편 간호사로 예측되는 여자가 다급한 목소리로 이윤호에게 말한다.

"여보세요, 거기 최선희 어린이 보호자 되시나요?"

이윤호는 무엇인가 또 다시 불길하고 두려운 기분이 들었다.

"예, 그렇습니다만 선희에게 무슨 일이라도 있습니까?"

"다름이 아니라 좀 전에 어떤 여자가 선희를 면회하려고 왔는데 이번에는 선희를 데리고 밖에 나가서 같이 식사를 하고 오겠다는 것을 저희가 겨우 막았어요."

"지금 선희는 어디에 있습니까?"

"저희 간호사들만 들어갈 수 있는 기숙사에 저희랑 같이 있습니다."

"알겠습니다. 선희를 잘 보호해 주세요. 절대로 그 여자에게 보내서는 안 됩니다. 아시겠죠?"

"예, 빨리 오세요. 아무래도 그 여자 심상치가 않아요."

"당장 병원으로 가겠습니다. 조금만 더 기다려주세요."

이윤호는 통화를 끝내고 그 자리에서 시동을 걸어 병원으로 출발했다. 그러면서 홍귀연과의 방금 전 메시지가 이윤호를 혼선에 빠뜨리고 선희를 납치하려는 치졸한 술수라는 것에 다시 한 번 저들의 방식에 혀를 내둘렀다. 이윤호는 본인 스스로 정신을 똑바로 차려야겠다는 다짐을 하면서 병원으로 향했다. 온갖 교통신호와 법규를 위반하면서 겨우 병원에 도착한 이윤호는 급정거와 동시에 타이어의 마찰음과 선명한 스키드마크를 바닥에 남기며 운전석에서 내려 자신의 차문도 닫지 않은 채 그대로 선희가 있는 병실로 뛰어갔다.

"선희야! 선희야!"

선희를 부르는 이윤호의 소리를 듣자 주변의 간호사들이 이윤호에게 따라오라는 손짓을 했고, 그들을 따라 어느 사무실로 들어갔다.

그곳에는 선희가 침대에 누워 곤히 잠들어 있었다. 그 모습을 보자 이윤호는 안도의 한숨을 쉬며 조용히 선희가 있는 곳으로 다가갔다. 침대 위에 살짝 걸터앉으며 천진난만한 표정으로 잠자고 있는 모습을 보자 잠시나마 모든 시름을 잊은 듯 이윤호 자신도 흐뭇한 표정으로 한동안 선희가 자는 모습을 쳐다봤다. 그리고는 조용히 그곳에서 나와 어찌된 영문인지 담당 간호사에게 묻는다.

"두 시간 전쯤에 어떤 여자가, 아니 저번에 왔었던 여자가 선희를 무조건 밖으로 데리고 가겠다고 해서 보호자 동의가 없으면 안 된다고 했더니, 저희들에게 돈을 줬어요. 그래서 제가 좀 이상해서 지금 보호자에게 전화를 해보고 나서 허락이 떨어지면 선희를 보내준다고 말하자 무서운 얼굴을 하면서 저에게 협박을 했어요."

두 눈을 부릅뜨고 이윤호가 간호사의 말을 경청하고 있다.

"죽고 싶지 않으면 빨리 선희를 자기 앞에 보내라고요. 얼마나 무서웠는지 그때만 생각하면……."

"어떻게 생겼던가요?"

간호사는 자신의 한 손을 가슴에 대고는 좀 전의 상황이 괴로운 듯 인상을 쓰며 말한다.

"모자와 짙은 선글라스를 써서 자세히는 모르지만 지난번에 왔었던 여자하고 같은 인상착의였어요. 얼굴이 갸름하고 매우 미인이며, 몸에는 짙은 향수를 뿌리고 있었어요."

여러 가지 정황들로 봤을 때 이윤호는 홍귀연이라는 결론을 내렸다.

'홍귀연, 교활하고 집요하며 또한 간교하구나.'

"그래서 제가 당장 경찰을 부르겠다고 했더니, 그 여자가 그 말에 조금은 당황해 하면서 슬그머니 꽁무니를 빼고 급히 사라지더라고요."

"예, 감사합니다. 선희를 끝까지 지켜주셔서. 앞으로도 그 여자가 또 나타나면 무조건 경찰에 신고를 한다고 하세요. 그러면 함부로 선희와 여러분들에게 어떻게 하지는 못할 것입니다. 그리고 또 한 가지 제가 만약에 아주 만약에 말입니다. 선희에게 돌아오지 못한다면……. 아닙니다. 그런 일은 절대로 없게 하겠습니다. 저는 반드시 선희를 건강하게 만들어서 예쁘게 키우겠다고 선희 아버지와 약속을 했습니다. 선희가 무사히 이곳에서 건강을 되찾아 행복해질 수 있게 여러분들께서 도와주시길 간곡히 부탁드립니다."

이윤호의 말을 들은 간호사는 지난번과는 너무도 다른 그의 언행에 조금은 당황해 하며, 억지로 웃음을 짓고 고개를 끄덕였다.

"여러 가지 측면에서 유추해석해보면 분명히 우리들의 상식 범위를 넘어서는 측면이 없지 않아 있습니다. 그러나 사건의 심각성을 염두에 둔다면 한번쯤 시도해볼 일이라고 생각하는데요."

무언가 심하게 고민하는 표정으로 있는 한만영에게 차소라가 한마디 한다.

"왜, 이럴 때는 아날로그 식으로 해결할 수 없으신가 봐요?"

"야! 우리나라 밀수조직이 한둘이냐? 그걸 어디서 다 찾아?"

이 말을 들은 이정욱 형사가 무엇인가 번뜩이는 생각이 났는지 앉은 자세에서 한 손으로 무릎을 치며 말한다.

"아, 방법이 있습니다. 제가 여기로 발령받기 전에 인천과 부산에 있었는데, 그곳은 우리나라에서 대표적인 항구도시라서 외국선박들이 자주 드나드는 곳입니다. 그러므로 밀수도 가장 원활하고 대규모 조직들이 곳곳에 그곳을 장악하고 있습니다. 아마도 지금 살인을 저지르고 다니는 살인마들도 그곳에서 어렵지 않게 총기를 구할 수 있었을 것입니다."

한만영은 어느 정도 설득력이 있었는지 고개를 작게 끄덕이고, 두 눈을 살짝 감으며 수사의 실마리를 잡으려 애쓰고 있다.

"인천과 부산에는 대략 어느 정도의 밀수조직들이 숨어있나?"

"제가 알기로는 인천에만 삼십여 곳, 부산에는 약 오십여 곳의 조직들이 있는 것으로 알고 있습니다."

"휴……"

차소라가 한숨을 쉰다.

'그래 지금 이 상황에선 범인을 잡기란 거의 불가능해. 유령 같은 놈들은 범행 장소에 흔적 하나 남기지 않고 그 자리를 뜬단 말이지……'

"야! 차소라, 가자!"

"어디가세요?"

"이정욱 말이 맞을지도 몰라. 그 살인마들도 총으로 사람들을 죽이려면 그 총을 어디에선가는 샀을 것이고, 우리는 그 총을 판 조직을 찾으면 살인마들의 윤곽이 어느 정도는 나타날 수도 있을지 몰라. 그러니 우선 가까운 인천으로 가 보자."

두 형사는 인천의 작은 포구 쪽을 지나쳐 한국인은 드물지만 외국선원들이 자주 출입하는 술집으로 찾아 헤매기를 일곱 시간. 드디어 어느 구석진 술집에 도착하여 지친 몸과 허기를 때우기 위해 들어갔다. 그곳에는 아직 초저녁인데도 테이블에는 각기 다른 수준으로 술에 취한 외국인선원들로 꽉 차 있었다. 두 사람은 구석진 빈 테이블로 가서 앉았다.

잠시 후, 종업원이 그들에게 와서 주문을 요구했다. 한만영은 맥주와 안주를 주문했다.

"전 배고픈데, 왜 술집으로 오세요. 밥도 못시키고……."

"야, 나도 배고프다. 근데 이왕이면 밥집보다는 이런 곳이 혹시나 그 밀수꾼들하고 연결이 됐을지 누가 아냐?"

곧이어 종업원은 두 사람이 주문한 맥주와 안주를 들고 나타났다.

테이블 위에 조심스럽게 그것들을 내려놓고 막 가려는 것을 한만영이 멈춰 세웠다. 신분을 숨긴 한만영이 종업원에게 은밀히 총을 구하고 싶다고 말하자 종업원은 처음엔 비웃으며 그런 것은 모른다고 딱 잘라 부인하였다. 그래서 한만영이 지갑에서 오만 원 권 지폐를 여러 장 주자 그 돈을 얼른 받아 주머니 속으로 넣고는 자신을 따라오라는 몸짓을 했다. 그러면서 두 사람은 그 종업원을 따라 밖으로 나와 허름하고 생선비린내가 진동하는 한 창고 건물의 지하로 내려갔다. 그곳에 다다르자 겉과는 달리 잘 꾸며진 작은 사무실이 있었다. 사장으로 보이는 뚱뚱하고 험악하게 생긴 사람이 책상 위에 두 다리를 올려놓고 앉아있었다.

"사장님, 여기 이분들께서 새 총이 필요하다고 그러시는데요."

두 사람을 줄곧 안내한 종업원은 이 말만 남기곤 다시 왔던 길로 되돌아 나갔다.

신분을 숨긴 두 형사는 이곳의 분위기를 파악하며 다른 사람들이 있는지 주시하였다.

한만영 형사가 먼저 입을 열었다.

"저기 사장님, 여기서 총을 살 수 있다고 해서 왔습니다만……."

사장은 여전히 두 다리를 책상 위에 올려놓고 하품을 하며 대답한다.

"당분간 총은 거래를 할 수 없습니다. 위에서 지시가 내려와서."

그러면서 사장은 또 하품을 한다.

"그러지 마시고 좀 봐주십시오. 러시아제하고 미제 권총이 필요한데 소음기가 달린 것으로……."

이번에도 귀찮아하면서 두 팔에 깍지를 끼우며 "그냥 가슈, 졸리니깐." 하고 내뱉는다.

사무실과 주변에는 아무것도 없고 사장이라는 사람만이 혼자 있다는 것을 확인한 한만영은 그동안 참았던 불편함을 한꺼번에 토해내듯 몸속에 숨겨놓은 권총을 꺼내어 아직도 책상 위에 두 다리를 올려놓고 건방진 자세의 사장에게 다가가 성기쪽으로 총구를 겨냥했다.

"야, 이 씹새끼야. 뭐가 어쩌고 어째!"

갑자기 자신의 성기에 총구가 붙어있는 것을 확인한 사장은 깜짝 놀라며 소리친다.

"뭐야, 니들!"

"뭐긴 뭐가 뭐야, 이 새끼야. 경찰이다, 이 씹새끼야."

한만영은 더욱더 총구를 성기 쪽으로 쑤셔 넣었다.

"우리는 경찰이에요, 다름이 아니라 몇 가지만 물어보려구 왔어요. 협조해주실 거죠?"

"아, 알았습니다. 처음부터 그렇게 말씀을 하시죠……."

"야! 인천에서 러시아제 SD-61하고, 미제 MK20을 구입한 사람을 찾고 있는데 아는 대로 말해봐?"

"저도 잘 모르는데요."

"야! 이 새끼야, 진짜로 고자 되고 싶어?"

한만영은 탄알을 장전한다.

"착칵!"

"아, 아……. 잠깐만요."

"빨리 불어, 이 새끼야."

"그 총들은 여기에 없고 다른 곳에서 구할 수 있습니다."

"어디야! 이 씹쌔끼야, 뜸들이지 말고 빨리빨리 말해!"

"우리들도 불법이지만 밀거래된 총기들은 모두 한 곳에서 사와야 하는 것이 이곳의 규칙입니다. 그곳은 여기서 조금 떨어진 창고인데 제가 주소를 알려드리겠습니다. 그 대신 절대로 제가 알려드렸다는 말씀을 해서는 안 됩니다. 만약에 그랬다간 그 조직의 킬러들이 저는 물론이고, 가족까지도 모두 몰살을 시킵니다. 아셨죠?"

그러자 한만영은 천천히 총을 내리며 좀 전의 탄알 장전을 다시 풀며 옷 속에 넣는다.

"너 만약에 거짓말이면 각오해라!"

다리를 책상 아래로 얼른 내리고는 "절대로 거짓은 없습니다. 두 분께서도 약속을 꼭 지키셔야 됩니다." 하고 당부한다.

"지금 당장 그 조직에 전화해라. 우리가 그리로 갈 테니 그렇게 알고 있으라고. 믿을 수 있는 사람들이니 안심하고 총을 팔아도 된다고. 만약에 내가 시키는 대로 하지 않으면 그곳에 가서 확 불어버린다. 네가 경찰의 첩자라고."

그렇게 두 형사는 방금 전에 입수한 주소를 가지고 내비게이션의 안내에 따라 목적지에 도착했다.

차에서 내리기 전 한만영은 차소라에게 주의를 줬다.

"이봐 차소라, 이건 실전이야. 우린 여기서 죽을 수도 있어. 그러니 정신 바짝 차리고 내가 시키는 대로만 하면 된다. 그렇다고 무조건 총 뽑아서 쏘지 말고 상황을 봐서 내 목숨이 위험하다 싶으면 쏴버리고……. 자네는 이런 곳이 처음이겠지만 난 과거에 여러 번 경험했었거든. 정말로 사람 목숨을 파리 목숨보다도 못하게 쥐도 새도 모르게 없애는 놈들이야. 경찰이라고 예외란 없지!"

차소라는 한만영의 말에 조금도 망설임 없이 "예, 걱정마세요 계장님. 까짓것 죽기밖에 더 하겠어요." 하고 다부지게 말한다.

"좋았어, 가자고!"

아까와는 전혀 다른 3층짜리 건물에 무역회사라는 간판을 달고 전체적으로 깨끗한 건물과 내부 청소가 이런 곳이 밀수의 집합소인가 할 정도로 전혀 다른 이미지다.

1층 문을 열고 들어간 두 형사는 제일 먼저 주변 사람들 숫자와 퇴각로를 눈으로 확보하며 조심스럽게 입을 열었다.

"수고하십니다. 좀 전에 소개받고 왔는데 새 총 하나 사려고요."

갑자기 낯선 사람들이 들어오자 잔뜩 경계의 눈빛으로 쳐다보는 여러 명의 조직원들은 한만영과 차소라를 위에서 아래로 스캔하듯 내려다본다. 그러면서 두목으로 보이는 사람이 다가와 두 사람에게 말을 건다. 머리에는 느끼할 정도로 기름을 쳐발라 올백으로 넘겼으며, 입에선 심한 악취가 났다.

"아, 좀 전에 우리 조직원이 전화로 소개해준……."

"예, 예. 맞습니다."

"일단 앉으시죠. 어떤 총을 원하십니까?"

한만영은 소파에 앉으며 저들에게 속마음이 들킬까 노심초사하며 긴장의 끈을 놓지 않았다.

"예. 요즘 TV뉴스에서 나오는 사람이 있는데, 노숙인들만 잡아서 머리에 총알을 박는다는 그 사람이 쓰는 총이 좋을 것 같은데요……."

이 말을 들은 두목은 얼굴에 미소를 지으며 담배 하나를 입에 문다.

"아하! 그 사람 알죠. 여기서 제가 직접 그 사람에게 총을 팔았으니깐."

한만영은 입 안에 말라버린 침을 모두 모아 목구멍으로 넘긴다. 그 총을 사간 사람의 인적사항들을 묻다간 자칫 의심을 받을 수 있고, 이 사무실에 열중 쉬어 자세로 서있는 7명의 똘마니들도 무시할 수 없는 상대이기 때문에 안전하게 가기로 마음먹었다.

"그럼 그 총을 아직도 여기서 살 수 있습니까?"

그러자 두목은 7명을 향해 한 손을 들어 보인다. 그러자 그 중 한 명이 어디에선가 작은 상자를 하나 들고 왔다. 상자를 열고 그 안을 확인하려 하자 두목은 상자 안을 손을 펴 가리며 묻는다.

"이건 최신형이죠. 그만큼 가격도 비싸고, 혹시 돈은……?"

"얼마면 살 수 있겠습니까?"

"총과 소음기, 탄창, 실탄 모두 해서 9백은 받아야지요."

한만영은 잠시 차소라를 말없이 쳐다본다.

"그리고 참고로 그 노숙인을 죽이는 사람이 직접 이 총을 가지고 이것저것 작동 여부를 살펴보던데 손님께서도 혹시 그럴 의향이 있으시면 한 번 만져보시지요. 단, 반드시 산다는 조건 하에 가능합니다."

순간 한만영은 숨이 막힐 만큼 긴장이 됐다. 좀 전과는 전혀 다른 몸속의 혈액들이 모든 신경계를 자극하듯 온몸에 소름이 돋았다.

"그럼, 그 사람이 이 총을 만지고 또 누가 이 총을 만졌습니까?"

"아무도 만지지 않았습니다. 워낙 비싼 물건이라서 찾는 사람이 없습니다."

그러면서 두목은 그 총을 집으려 한 손을 뻗었다.

"앗! 됐습니다. 제가 무조건 사죠. 9백이라고 하셨죠? 야! 가서 빨리 돈 찾아와!"

이 말과 함께 얼른 상자를 한만영이 자기 쪽으로 당기며 뚜껑을 닫았다. 그 모습을 본 두목은 이해할 수 없다는 표정을 지으며, 두 사람을 번갈아 쳐다본다. 그런 한만영은 억지 웃음을 지으며 긴장한 겉과 속을 들키지 않으려 애쓰고 있다.

그리고 모든 거래를 끝낸 두 형사는 차를 몰고 국과수 쪽으로 향하고 있다.

"계장님이 그렇게 소심하게 진행하실 줄은 전혀 몰랐는데요."

방금 전 사온 총의 상자를 두 손으로 꽉 쥐고는 한만영이 말한다.

"그때 상황이 너무 좋지가 않아."

"그냥 관할경찰서에 협조를 받아서 들어가면 되잖아요?"

"누가 그걸 모르냐? 그래서 넌 아직까지 초보야 초보."

그 말에 입이 한 치는 나온 차소라가 퉁명스럽게 대꾸한다.

"내 돈 9백만 원 빨리 주세요. 시집갈 때 쓰려고 모아둔 돈인데 계장님이 그 총을 사시는 바람에 날아갔어요."

"알았어, 알았어. 줄게."

"언제요?"

"줄게, 걱정 마. 아무리 세상이 험악하고 사기꾼이 판치고 다

녀도, 경찰을 믿어라. 너 나 못 믿냐?"

"경찰은 믿는데, 계장님은 믿을 수가 없어요."

"아휴……. 야! 차소라, 내 말 잘 들어. 네 말대로 관할경찰서에서 협조 얻어 그냥 밀고 들어가면 우리가 어떻게 그 정보를 얻었는지 알아볼 거고, 그러면 우리에게 정보를 준 그 첫 번째 밀수상은 어떻게 되겠냐? 미리 전화로 우리가 총 사러간다고 소개까지 했는데, 아까 그놈 말 못 들었어? 자기는 물론 가족까지 몰살당한다고 했잖아, 이 밥통아! 그리고 내가 그렇게 빨리 그 총을 산 이유는 그 노숙인을 죽이는 범인이 이 총을 만졌다고 했잖아. 그 뒤로는 아무도 만지지 않았고. 그러면 이 총에는 만진 사람의 지문이 묻어 있을 테고. 그 지문만 떠서 누군지 찾아보면 쉽게 범인의 정보를 얻을 수 있어서 내가 너도 살고, 나도 살고, 범인도 잡고, 또 그 밀수범 가족도 살리려고 했다. 이제 알았냐?"

이 말을 들은 차소라는 좀 전에 나온 입을 쑥 집어넣으며 아무 말 없이 운전만 한다.

그렇게 국과수에 도착한 한만영은 1층에 있는 지문센터로 들어갔다.

"수고하십니다. 이것 좀 부탁드리려고 왔습니다."

그곳에는 하얀 가운을 입은 4명의 수사관들이 여러 증거품들의 지문을 잡기 위해 조심스럽게 작업하는 모습들이 눈에 들어왔다. 그중에 가장 나이가 어린 여자수사관이 한만영에게 다가왔다.

"뭐에요, 이게?"

"예, 지금 TV뉴스에 나오는 노숙인의 살인자가 만졌던 총입니다."

이 말에 두 눈을 크게 뜨고, 쓰고 있던 마스크를 한 손으로 턱까지 내리며. "정말요?" 하고는 한만영이 들고 있는 상자를 유심히 쳐다본다.

"예. 이 상자에 총이 하나 들어있습니다. 그러니 이 총에 묻은 지문을 감식해 주셨으면 합니다. 되도록 빨리 좀 부탁드립니다."

한만영은 수사관에게 상자를 넘겨주었다.

"예, 제가 오늘 밤을 새워서라도 결과를 보고하겠습니다. 내일 오전 10시면 결과가 나올 것 같습니다."

"예, 그럼 잘 부탁드리겠습니다."

인사를 나누고 나와서 한만영과 차소라는 늦은 식사를 끝내고 관할경찰서로 이동했다.

그리고 그 다음 날, 한만영은 직접 국과수로 가서 어제의 증거품이 어떠한 결과로 나와 있는지 무척이나 궁금해 하며 조심히 문을 열고 들어갔다. 한만영을 알아본 어제의 수사관이 한 장의 A4용지로 된 결과 보고서를 건네어주었다. 그런데 그 수사관의 표정이 좀 이상해서 뭔가 조짐이 안 좋겠다는 불안한 예측을 하며 결과서를 보는데, 불안했던 예측은 현실로 돌아왔다.

"뭐야? 이게! 뭐 이런 개 같은 경우가 다 있어⋯⋯."

9. 붉은 눈물

　이윤호는 본인이 가지고 있던 돈의 일부만 모아 등산용 배낭에 담고 있다. 그가 가지고 있던 금괴와 채권들은 훗날을 도모하기 위해 그리고 선희의 희망된 미래를 위해 남겨놓기로 했다. 모든 짐을 다 꾸리고 있을 무렵, 한 통의 메시지가 휴대폰에 도착했다.

이봐, 이윤호! 돈은 준비가 됐지?

그래, 모두 가지고 가겠다. 그러니 허튼 수작 부리지 않기를 바란다.

하하하, 내가 할 소리!

장소와 시간을 적어라.

주소는 내가 알고 있는 폐빌딩의 옥상이다. 지난번처럼 네가 달고 온 녀석들이 또 다시 방해를 할 수 없게.

다시 한 번 말하지만 난 그런 적이 없다. 나도 누가 그곳에 연막탄을 던졌는지 궁금하다.

끝까지 오리발을 내미시는구만.
아무튼, 이번에 올 장소는 18층짜리 건물 옥상이니 혹시나 딴 마음으로 이곳에 오지 않기를 바란다.

그런 걱정은 하지 않아도 된다.
인간쓰레기들아!

"이봐요 검사관, 혹시 뭐가 잘못된 것이 아닙니까?"

"아닙니다. 저도 그것이 좀 이상해서 두 번이나 다시 조사를 했는데 역시 결과는 같았습니다."

지그시 눈을 감으며 고개를 숙이고는 한만영이 큰 한숨을 쉰다. 힘없이 결과서가 든 봉투를 들고 차에 올라타 곧장 관할 경찰서 수사 2과로 발길을 옮겼다.

수사 2과에는 한만영의 소식을 들은 여러 형사들이 미리 모여 그를 기다리고 있었고, 특히 과장은 큰 기대감으로 사건 해결의 단서가 되기를 희망하며 자리에 앉아 한만영을 기다리고 있다.

잠시 후, 한만영이 수사 2과 회의실로 들어왔다.

"한만영 형사, 결과서에 뭐라고 나와 있습니까?"

과장이 한만영을 보자마자 다급하게 묻는다.

그러자 한만영은 직접 결과서를 봉투에서 꺼내어 과장에게 펼쳐 보인다. 아무 말 없이 그것을 읽던 과장은 미간을 잔뜩 구긴 얼굴로 소리친다.

"이봐! 지금 장난하는 거야?"

"저도 장난이면 좋겠습니다."

두 사람의 심각한 대화를 듣고 있던 주변의 형사들은 모두들 그 자리에서 일어나 과장이 들고 있는 결과서 쪽으로 이동

한다.

과장의 등 뒤에서 머리를 한곳에 모으며 과장이 들고 있는 결과서를 천천히 읽어가고 있다.

"뭐야 이게!"

"아이 짜증나."

"사람을 가지고 놀고 있구만!"

"하나도 모자라서 이젠 둘이네……."

모두들 넋을 잃은 표정으로 웅성거리며 수사에 큰 전환점을 줄 수 있었던 유일한 희망이 무참히 무너지는 현실에 모두들 망연자실한 표정으로 자리에 힘없이 앉는다. 이때 과장이 자리에서 일어나 크게 숨을 들이마시고 다시 내뱉으며 웅성거리는 형사들에게 지시한다.

"여러분! 지금 국과수 결과를 보셨겠지만 우리들에겐 너무도 허무맹랑한 결과보고서가 우리 손에 와있습니다. 과학적인 증거와 근거로 밝혀낸 사실임이 틀림없다면, 결코 이 결과보고서는 허위가 아니라는 것도 여러분들께서는 잘 알고 계실 겁니다. 그러므로 우리 손에 있는 이 결과를 다시 역추적하여 용의자를 찾는다면 사건의 실마리를 찾을 수 있다고 저는 생각합니다. 비록 그 과정이 힘들고 어렵겠지만 하루빨리 그 살인마를 잡아야만 우리들의 선량한 시민들이 두려움과 공포에서 벗어나고 또 소중한 생명을 지킬 수 있는 길이라고 생각합니다. 자, 여러

분! 이 결과보고서의 결과가 정말로 맞는지 여러분들의 땀과 고
단함이 그것을 증명해주길 바랍니다. 이상!"

"야! 차소라, 따라와!"

"어디가세요?"

"한 가지 확인할 것이 있어."

차량에 시동을 걸고 기어를 넣으려는 순간 핸드폰으로 또 하
나의 메시지가 왔다는 표시가 들어왔다. 이윤호는 발신자를 확
인해 보니 저장이 되어 있지 않은 번호로 메시지가 왔다는 것을
알고는 그냥 무시하려 했다. 그러나 무엇인가 불길한 예감에 그
것을 살짝 열어본다.

> 선희는 내가 데리고 있다. 당장
> 이곳으로 오지 않으면 선희는 영
> 영 보지 못할 것이다.

문자를 보는 순간 막연한 불안감이 엄습한 이윤호는 자신
의 목숨보다도 더 소중하게 여기는 선희를 생각하니 조금도 지
체할 수 없어 행동으로 옮겼다. 그러면서 메시지의 번호로 통화
버튼을 눌렀다. 그러나 계속해서 신호음은 들렸지만 전화를 받
지 않는다. 두렵고 무서운 생각들이 이윤호의 등 뒤로 엄습해

오는 것을 느끼며, 오로지 하나에만 집중하며 정신을 가다듬었다. 그리고는 왔던 메시지로 다시 이윤호가 문자를 보냈다.

> 누구냐?
> 선희를 어떻게 알고 납치를 했지?

> 난, 이윤호 널 아주 잘 알고 있다.

> 그렇게 비겁하게 숨지 말고 정정당당하게 나와라.
> 그리고 선희는 아무런 관련이 없는 아이다. 어서 병원으로 보내 줘라! 아픈 아이다.

> 하하하, 그렇게는 못하겠는걸.

이윤호는 억누를 수 없는 분노와 적개심으로 어금니를 꽉 깨물며 다시 보냈다.

원하는 것이 뭐냐?

돈이냐?

아니면 내 목숨이냐?

당연히 네 목숨이다. 그러니 잔
말 말고 아래의 주소로 당장 오
지 않으면 선희는 죽는다.

"이 개만도 못한 인간이 아픈 아이를 이용해서 날 유인하려
들다니……."

알았다. 지금 당장 출발하겠
다. 만일 선희에게 조금이라도
무슨 일이 생긴다면 넌 내가 반
드시 잡아 숨쉬면서 사는 것이
얼마나 고통스러운지 경험하게
하겠다.

그러니 절대로 실수하지 않기
를 바란다.

이윤호는 메시지에 적힌 주소로 좀 전에 입력했던 내비게이션의 주소를 모두 지우고 주소창에 새 주소를 입력하려고 했다.

"아니, 이곳은 내가……"

이윤호는 메시지의 주소를 입력할 필요가 없다고 판단함과 동시에, 지난날 머릿속에 각인되어 있던 혼재된 기억들을 더듬으며 액셀러레이터를 힘주어 밟았다.

1시간 30분 만에 도착한 그곳은 숲이 무성하고 인간의 손이 닿지 않은 지저분하고 흉측한 폐건물들과 심하게 녹슨 철재 장비들이 잡초들과 함께 어울려 이윤호의 복잡하고 불안한 마음을 더욱더 흔들어 놓기에 충분했다.

'왜 날 이곳으로 오게 했을까? 아무리 힘을 쓰며 잊으려 해도 잊을 수도 없고, 숨길 수도 없는 기억들이 존재하는 이곳을 왜……'

차에서 내린 이윤호는 총에 소음기를 돌려 연결하고, 돈이 든 가방은 옆의 숲이 울창한 곳에 숨겨두었다. 그러면서 천천히 안으로 들어가고 있다. 3년 전의 모든 기억들을 떠올리며 절대로 두 번 다시는 이곳에 오지 말았어야 한다는 금기가 무참히 깨어진 채 그렇게 한 발, 한 발 괴로운 과거 속으로 들어가고 있다.

이때, 또 한 통의 메시지가 왔다.

> 앞에 있는 두 개의 건물이 보
> 일 것이다. 선희는 좌측 건물에
> 있다. 넌 우측 건물 안으로 들어
> 와라.

문자를 확인한 이윤호는 좌측 건물이 있는 쪽을 향해 두 손으로 원을 만들어 입에 대고 크게 외쳤다.

"선희야! 삼촌 왔다. 걱정하지 말고 있어. 곧 삼촌이 갈게."

우측 건물로 다가간 이윤호는 3년 전보다 더 심하게 훼손된 건물을 보며 조심스럽게 녹슨 문을 열고 그 안으로 들어갔다. 한쪽 구석에는 먼지를 뒤집어쓴 마네킹의 몸과 팔, 다리가 제각각 여기저기 흩어져 있었으며, 그것들을 보자 또 다시 3년 전의 기억들이 되살아났다. 그리고 다시 문자 메시지가 도착했다.

> 총을 창밖으로 던져라!

이윤호는 아무 말 없이 총을 깨진 유리창 창가 쪽으로 던졌다. 그러자 또 다시 문자가 왔다.

> 눈을 크게 뜨고 전방을 주시해라!

그리고 잠시 후, 앞쪽의 작은 입구에서 누군가가 머리에 모자를 깊게 눌러쓴 모습으로 총구를 이윤호에게 겨누고 그 모습을 드러냈다.

서서히 고개를 들며 머리 위에 쓰고 있던 검은 모자를 벗고, 무표정한 얼굴로 입가에 희미한 경련을 일으키며 정효진이 말한다.

"오래간만이요, 윤호 씨!"

정효진의 모습을 보자 이윤호는 비수가 되어 가슴으로 날아오는 칼날에 맞은 듯 놀라움을 금치 못하고 있으며, 또한 3년 만에 이윤호를 본 정효진 역시 음흉하고 협박하는 듯한 눈빛으로 노려보고 있다.

다시 한 번 두 눈을 크게 뜨고 이윤호는 정효진을 확인한다.

'분명히 틀림없는 효진 씨가 맞다. 손과 귀, 코, 머리 그리고 아름답고 예쁜 두 눈. 붕어빵 틀에서 찍어 나온 똑같은 붕어빵처럼 지금 내 앞에 죽었다는 효진 씨와 꼭 닮은, 아니 정효진이 내 눈 앞에 살아서 나에게 걸어오고 있다.'

"윤호 씨, 날 보고 놀라셨군요. 왜 날 봤는데 윤호 씨가 놀라야 하나요? 저에게 무슨 죄라도 지셨나요?"

이윤호는 아직까지도 믿기 어려운 이 현실 앞에서 몸 전체가 얼어붙는 느낌을 받으며 잠시 동안 동상처럼 움직이지 못한 채 가늘게 숨만 내쉬고 있었다.

"효……진 씨……."

그녀는 다시 차가운 얼굴 표정으로 이윤호를 보며 말한다.

"다행히도 지금까지 잘 살아왔었네요. 윤호 씨, 내가 윤호 씨를 얼마나 찾았는지 아마 상상도 못하실 겁니다. 이제 그만 놀란 토끼 눈으로 날 쳐다보지 마세요. 하긴 무리도 아니겠군요. 불에 타 죽었다는 여자가 이렇게 멀쩡하게 살아서 눈앞에 나타났으니, 나라도 아마 크게 놀라겠군요."

"어떻게……."

"아하, 어떻게 살아났냐구요? 간단해요. 저는 지난 몇 달 동안 저희 가게로 물건을 사러오는 한 손님과 친분을 가졌죠. 나이도 저랑 비슷하고 신체적인 모든 특징들이 저와 많이 닮은 사람이었는데, 전 그 사람과 친자매처럼 지내면서 그 사람이 절 의심하지 못하게 아주 잘해줬어요. 왜 내가 그 여자에게 그렇게 했을까요? 난 나의 죽음을 대신할 사람이 필요했고, 그 죽음을 대신할 그 여자는 아쉽지만 아무 죄도 없이 정효진이란 껍질을 뒤집어쓴 채 그렇게 억울하게 저 세상으로 갔어요. 멍청하게도 경찰과 소방관들은 나 대신 죽은 사람의 시신이 형체를 알아보지 못한다고 해서 단순히 치아의 치료 형태만 확인하고는 전기누전으로 인한 사고로 결론을 내리더군요. 그것도 아주 쉽고 빠르게……. 여기서 또 한 가지. 죽은 여자의 충치치료를 어떻게 만들었는지 궁금하죠? 그건 하늘이 나에게 준 기회였어요. 내가 치과치료를 받을 무렵 그 여자도 저와 똑같은 부위를 똑같이 받았더라고요. 만약 그 치과치료가 없었으면 아마 그 여자는 죽지 않았을지도 모르는 일이네요. 그러나 아쉽지만 결과적으로 그 여자는 나를 대신해 정효진으로 죽었고, 난 윤호 씨처럼 지금까지 유령으로 살아가면서 내 오빠의 복수를 다짐했죠. 지금 이 순간이 오기를 손꼽아 기다리며. 그런데요 윤호 씨, 솔직히 저는 3년 전 윤호 씨가 정말로 죽었는지 알았어요. 그 사건이 있은 후, 다음날 뉴스를 보고 알았죠. 내가 고용한 멍청한 사장이 당신 손에 죽고, 당신도 죽었다는 소식이 내 귀에 들어오자 전 이제야 우리 오빠의 복수를 하는구나 하고 생각했는데 여러 가지 정황으로 봤을 때 윤호 씨는 절대로 죽지 않고 살아있다는 직감을 갖게 되었죠. 그게 뭘까요? 하나는 그동안 흉악범들이 잔인하게 죽었다는 뉴스방송과 그리고 결정적인 또 하나, 몇 달 전에 어느 동영상에 나온 '지하철손도끼'라는 제목의 영상을 우연히 보게 됐는데, 거기에서 모자가 벗겨진 당신의 모습을 보게 됐어요. 얼굴엔 변장을 하고 아무리 다른 사람들을 속이려고 했지만, 난 단 한 번에 당신을 정확하게 알아봤죠. '저것이 이윤호다. 이윤호가 살아있구나.' 하고 말이죠."

이윤호는 정효진의 말을 듣는 순간 모든 것을 체념한 듯 힘없이 그녀를 쳐다보고 있었고, 그런 정효진은 이윤호에게 더욱더 무서운 눈매로 노려보고 있다. 크고 맑은 눈이지만 그 속에 숨어있는 복수심과 증오 그리고 꼼수 따위는 절대로 통하지 않는다는 매서운 눈매, 그것은 바로 이윤호 자신을 향한 눈매였다.

"난 지난 평생 동안을 내가 그토록 보고 싶어 하는 우리 오빠를 그렇게 만든 너를 죽이도록 증오했어. 내가 힘들게 살아온 인생의 보람을 한 순간에 허물어뜨렸거든. 너의 정제되지 않은 복수심과 잘나지 못한 정의로움이 또 다른 사람의 인생을 망친다고는 생각하지 못했을 거야. 당신이 가지고 있는 그 복수심이 일관성을 지키는 사람들만을 위하는 일이라고 생각하겠지만, 솔직히 말하자면 당신도 이 어두운 세상에서 그저 또 다른 살인을 저지르는 꼭두각시에 불과하다고. 왜, 내 말이 틀렸다고 생각해? 그럼 당신이 죽이는 흉악범들이 과연 죽을 때 진정한 반성을 하면서 죽을까? 지금까지 그 흉악범들을 잔인하게 죽였는데도 이 사회가 밝아졌어? 과연 착한 사람들만 살고 있냐고? 지금 이 시간에도 범죄는 계속해서 일어나고 있지. 우리들 중에 누구든 재수 없는 사람은 그 범죄의 희생양이 되겠지. 당신이 흉악범들을 죽이든 죽이지 않든 말이야."

이윤호는 그저 정효진의 가시 섞인 말에 아무 말 없이 고개를 떨구며 그 자리에 무릎을 꿇고 있다.

"무슨 변명이라도 해, 이 살인마야!"

살인마라는 말에 이윤호가 고개를 천천히 들었다.

"그럼 지금까지 날 잡기 위해서 죄 없는 사람들을 죽였나요?"

이 말을 들은 정효진이 잠시 뜸을 들이며 움찔거렸다.

"그, 그래. 내가 그렇게 했……어. 내가 노숙인들을 총으로 쏴서 죽였어. 왠지 알아? 세상 사람들에게 이윤호라는 유령은 흉악범들만 죽이는 것이 아니라 힘없고 소외된 사람들도 죽인다는 인식을 심어주기 위해서 내가 그렇게 했어, 했다고!"

이곳의 낡은 건물 안이 그녀의 광기어린 목소리로 울려 퍼졌다.

이윤호는 다시 눈을 지그시 감으며 고개를 떨군다.

"여기는 왜 오셨어요?"

"확인할 것이 있어서."

차소라와 한만영은 소방서의 화재 자료와 경찰의 국과수 자료들을 입수하고 정효진이 치료받았던 치과에 도착했다.

두 형사는 간호사에게 신분증을 제시하며 몇 달 전에 있었던 정효진의 치과기록을 모조리 열람할 수 있도록 부탁한다.

"정효진 씨께서 정확히 6개월 전에 우리 병원에서 치료를 받으셨습니다. 오른쪽 위 사랑니를 발치하고 그 앞에 있는 어금니 두 개를 금으로 때웠습니다."

"그럼, 똑같은 곳을 치료한 사람들의 정보도 알 수 있을까요?"

간호사는 약간 고민하는 표정으로 말한다.

"아마 쉽지는 않지만 찾을 수는 있어요. 그런데 전국에 정효진 씨와 똑같이 치료한 사람이 꽤 될 텐데요."

"그럼 한 가지만 더 부탁할게요. 자료를 찾으실 때 정효진의 나이와 비슷한 사람으로 여자로만 뽑아주세요. 30세 전후로."

그렇게 두 형사는 치과를 나와서 지금은 한 식당에 앉아 식사를 하고 있다.

"계장님, 정효진이 살아있다고 생각하세요?"

"내가 그걸 어떻게 아냐!"

"근데, 왜 치과기록을 다시 검사하세요?"

"국과수 결과가 총에 정효진의 지문이 나왔다고 결론이 났으니 우린 그것을 확인해보면 알지. 물론 쉽지는 않아 전국의 정효진과 같은 치료를 한 사람이 무수히 많겠지만, 그 나이와 비슷한 사람으로 추리고, 다시 그 중에서 최근에 실종된 사람들을 또 추린다면 찾을 수 있을 거야. 그리고 마지막에 실종자가 나타나면 정효진과의 연관성을 연결해서 바로 그 사람이 정효진을 대신해서 죽은 사람이 될 수도 있지."

한만영의 말을 들은 차소라는 입을 살짝 벌려 놀라운 추리력이라 생각하며 한마디 한다.

"DNA로 찾으면 안 되나요?"

"건질 것이 아무것도 없이 홀라당 다 탔다고 하잖아, 소라야."

" ……."

다음 날, 수사 2과 형사들이 모두 모인 가운데 이정욱 형사의 수사브리핑이 진행되고 있었다.

"이윤호와 정효진은 지금도 살아있다는 것이 명백하게 밝혀졌습니다. 특히 정효진은 어제 수사과에서 밤샘조사를 통해 그가 6개월 전 평소 친분이 있는 손님을 본인 정효진으로 위장하여 죽였으며, 그 후 인천의 한 밀수업소에서 총기를 구입하여 여러 명의 노숙자들을 살인한 사실이 조사 결과 밝혀졌습니다. 그럼 왜, 정효진이 스스로를 위장하여 노숙자들을 죽였는지가 이 사건의 관건이라고 생각합니다."

"혹시, 이윤호와 정효진이 무슨 관계가 있는가?"

"그것 또한 아직 밝혀내지 못하고 있습니다. 그런데 이상한 점은 이윤호의 등장으로 인하여 바로 정효진이란 인물이 뒤따라 등장했다는 점입니다. 분명히 두 사람과는 밀접한 관계가 있다고 사료됩니다."

팔짱을 끼고 있던 과장은 이정욱 형사에게 다시 묻는다.

"정효진은 어떤 인물인가?"

"예, 조사에 의하면 정효진은 과거에 오빠와 단둘이 살다가 오빠의 가출로 성인이 된 후에도 줄곧 경찰서 실종사건전담반에 자주 찾아가서 오빠의 소식을 들으려고 노력했는데 찾지 못했다는 기록이 나와 있습니다."

"혹시 이윤호가 정효진이 찾는 오빠가 아닐까요?"

차소라가 조용히 말하자 듣고 있던 이정욱이 말한다.

"이윤호는 이씨 성이고, 정효진은 정씨 성을 갖고 있습니다. 그밖에도 여러 가지로 조사했을 때 그럴 가능성은 상당히 희박합니다."

그러자 옆에 앉아있던 한만영이 한심하다는 표정으로 차소라를 쳐다본다.

"야! 차소라, 제발 입 좀 다물고 있어라. 나까지 창피하다."

" ……."

엄지손가락으로 턱을 받쳐 만지는 과장은 뭔가 심각하게 고민을 하며 덧붙인다.

"도대체 무슨 관계이길래 두 사람이 살인마로 변했단 말인가? 그것도 똑같이 죽은 사람으로 위장하여……."

이윤호는 정효진에게 많은 것을 묻고 싶었고, 많은 것을 듣고 싶어 했다. 그러나 지금의 이 순간은 죽으려하는 자와 그 죽임을 당하는 자만이 존재할 뿐 그 어떤 인간적 대우나 이해 따위는 파괴된 채, 복수라는 명목으로 정효진은 이윤호를 죽이려하고 있다.

"윤호 씨, 마지막으로 할 말을 하시죠!"

여전히 무섭고 차가운 눈빛으로 이윤호를 노려본다.

서서히 고개를 들며 이윤호는 어렵게 입을 연다.

"나를 죽여 효진 씨의 오빠가 살아 돌아온다면 지금 당장이라도 날 죽여주시오. 그러나 그렇게 한다고 한들 무엇이 변할 수가 있단 말입니까? 나는 구차하게 나의 목숨을 구걸하진 않겠습니다. 그러나 효진 씨도 그 당시 효진 씨의 오빠가 어떠한 짓을 했는지도 잘 알고 있지 않습니까? 효진 씨가 오빠를 그리워하고 소중하게 생각한 것처럼 그 오빠에게 큰 피해를 받은 사람들의 억울한 마음은 어찌 생각하지 못한단 말입니까? 나의 생명이 소중한 만큼 다른 이들의 생명 또한 소중하고 값어치 있는 삶이라는 것을 깨닫게 된다면 지금 우리는 이런 모습으로 서로를 만날 일은 없었겠지요. 그리고 효진 씨의 오빠는 효진 씨가 생각하는 것과는 달리 그리 좋은 사람은 아니었습니다."

"닥쳐, 이 새끼야!"

"탕! 탕! 탕!"

세 발의 총성이 울렸으며, 총알은 이윤호를 간신히 빗겨나간다.

"네가 뭘 안다고 그따위 소리를 지껄이는 거야. 네가 뭘 안다고."

어느새 이윤호 앞에 가까이 다가온 정효진의 총구는 이윤호의 이마를 향하여 방아쇠를 당기려하고 있다.

그때 이윤호가 정효진에게 한 마디 건넨다.

"죽기 전에 부탁이 하나 있습니다. 효진 씨, 그건 효진 씨가 데리고 온 아이는 몸이 아프고 힘든 가정 속에서 살아가는 아주 불쌍한 아이입니다. 효진 씨가 어려서 불행하게 자랐다고 모든 이들이 효진 씨처럼 살게 되는 것 또한 효진 씨의 본심이 아니라고 나는 확신합니다. 그러니 내가 죽더라도 그 아이가 무사히 수술을 받고, 건강하고 행복하게 잘 살 수 있게 효진 씨가 도와주셨으면 하는 것이 나의 소원이자 마지막 부탁입니다."

이 말을 들은 정효진은 한 발 뒤로 물러서며 답한다.

"흥, 살인을 할 때는 인정사정 보지 않고 잔인하게 죽이는 당신이 죽어가면서 남의 자식을 걱정한다고? 웃기고 있어, 정말. 이봐, 이윤호. 내가 아무리 사람을 죽이고 복수에 눈이 어둡다고는 하지만, 네가 말한 것처럼 그 아이는 지금 이 자리엔 오지도 않았어. 처음부터 내가 데려오지도 않았다고. 단지 널 이곳으로 끌어들이기 위한 미끼로 삼아 그 아이를 핑계로 문자를 보냈는데 넌 그 아이가 병원에 있는지 확인도 하지 않고 곧장 이곳으로 오더군. 그 아이가 뭐라고……. 고작 한 사기꾼의 자식밖에 안 되는 인간을."

이 말을 들은 이윤호는 선희가 이곳에 없다는 안도감이 듦과 동시에 갑자기 얼굴빛과 표정이 무섭게 변한다.

"열린 입이라고 함부로 떠들지 마라. 너 같은 인간과 그 선희라는 아이는 비교조차 할 수 없는 인간의 순수함 그 자체로, 너 같이 더러운 몸과 마음을 가진 인간쓰레기들에겐 절대로 적수가 될 수 없는 사람이다."

갑자기 돌변한 이윤호로 인해 정효진도 조금은 당황했는지 다시 한 발 뒤로 물러나며 이윤호에게 겨눈 총구의 끝이 미세하게 떨리고 있었다.

"그래서 내가 교도소로 그 아버지를 면회 가서 너와 그 아이에 대한 정보를 얻으려 해도 끝까지 오리발을 내밀더군. 대단한 의리들이셔. 혈육이란 정말 대단해."

이 말을 들은 이윤호는 순간 고개를 살짝 돌리며 정효진을 응시한다.

"그럼 교도소로 면회를 간 여자가 홍귀연이 아니고 당신이란 말인가? 혹시 선희에게 인형을 선물하고 면회했던 것도 바로 당신이었다고?"

그 말에 정효진은 비웃듯 이윤호를 쳐다보며 말한다.

"이게 다 당신에게 배운 거야. 나도 당신처럼 변장을 하고 다니면서 사람들을 속이며 여러 가지 일들을 했었지."

"정효진, 당신이 어떻게 나에 대한 정보를 그리도 상세히 알고 있었지?"

다시 비웃으며 정효진이 이윤호를 향해 말한다.

"물론 쉽지는 않았어. 그런데 말이야. 내가 3년 전에 그 멍청한 사장에게 부탁할 때 그 옆에 그 여자도 같이 있었어. 홍귀연이라는 내연의 여자 말이야. 그래서 난 네가 살아있다는 확신을 가지고 홍귀연에게 아주 은밀하게 접근했지. 내가 고용한 심부름센터의 직원들에게 돈을 주고 홍귀연의 사무실과 차량, 전화기에 도청장치를 달고 모든 통화를 접수할 수 있었지. 그리고 이윤호, 네가 나라는 것을 전혀 눈치 채지 못하게 밖에서는 내가 홍귀연 행세를 하고 다녔거든. 홍귀연이 뿌리고 다녔던 재스민 향수를 온몸에 범벅을 하고 너와 관련된 사람들을 만나고 다녔었지. 왜? 모두들 당신이 만난 사람들이 그렇게 말하지? 향수를 몸에 짙게 뿌린 여자가 나타났었다고. 덕분에 난 쉽게 나의 정체를 숨길 수 있었고. 참! 얼마 전 인천의 폐창고에서 머리에 총을 맞고 죽은 꼬마도 죽기 전에 내가 한 번 만나봤지. 왜, 그 꼬마가 말하지 않던가? 나에게 돈을 받고 당신의 정보를 팔았다고. 그 꼬마라는 친구, 돈이라면 자기가 싼 똥까지 처먹을 놈이더라고. 하하하!"

이윤호는 두 주먹을 불끈 쥐고 그 자리에서 일어났다.

그러자 정효진도 다시 한 발 뒤로 물러서고는 이윤호의 이마에 총구를 겨눈다.

"자! 이윤호, 여기까지가 너와 나와의 인연인 것 같구나. 죽어서 우리 오빠를 만나면 무릎 꿇고 빌어라. 그럼 혹시 알아? 우리 오빠가 널 용서해줄지."

"난 죽어서도 지나가는 똥개에게 용서를 빌지언정 너희 오빠 같은 인간쓰레기에겐 절대로 그렇게 하는 일은 없을 것이다. 정효진 당신은 당신의 오빠와는 전혀 다른 줄 알았건만, 태어나지 말았어야 할 인간쓰레기 남매. 참 잘 어울리는 바늘과 실 같구만. 자, 빨리 죽여라. 내가 죽어서 네 오빠를 만나면 네 오빠가 죽인 사람들을 데리고 찾아가서 더욱더 네 오빠를 괴롭힐 것이다. 저승에서도 내 덕에 편히 있지 못하겠구나. 하하하!"

참을 수 없는 분노로 정효진이 이윤호의 이마에 방아쇠를 당기려는 순간, 밖에서 누군가가 창고 안으로 들어오는 소리가 났다. 그럼에도 불구하고 정효진과 이윤호는 조금의 미동도 없이 그 자리를 고수하며 팽팽한 긴장감을 유지했다.

"이게 누구야!"

홍귀연과 지난번 인천의 창고에서 이윤호를 감시하던 남자가 손에 각각 총을 들고서 두 사람이 있는 곳을 향해 겨누며 걸어오고 있었다.

"이런, 이런. 정효진이 왜 이곳에 와있지?"

무언가 재미있다는 표정으로 두 사람을 번갈아 쳐다본다.

"안 돼요, 안 돼. 이윤호를 지금 죽이면 절대로 안 된다니깐."

"참견하지 말고 볼일 있으면 다음에 와. 지금은 내가 먼저니깐."

"아니야, 아니야. 그 볼일은 내가 먼저 쓸게."

홍귀연은 무엇이 그리도 재미가 있는지 계속해서 웃으며 말한다.

"난 이윤호 목숨 따위는 관심 없어. 단지 저 놈이 훔쳐간 우리 사장님의 돈과 금괴만 필요해서 말이야. 그러니 내가 먼저 저 놈에게서 그것을 다 받은 다음에 당신에게 넘길 테니깐, 그때는 죽이든, 아니면 같이 살림을 차리든 알아서 하라고. 알았나? 정효진!"

다시 무서운 표정으로 정효진은 홍귀연을 쳐다보며 "허튼 수작 부리지 마. 모조리 죽여 없애고 말겠어." 하며 세 사람을 번갈아 총구를 돌리며 겨누고 있다.

"훗, 하필이면 왜 여기야? 이윤호. 슬프게……. 난 네가 돈을 가지고 오기만을 눈 빠지게 기다리고 있었는데 시간이 한참이나 지나도 약속장소에 오질 않아서 네 핸드폰의 위치추적을 했더니 이 먼 곳까지 왔더라고. 약속을 했으면 지켜야지 이윤호. 돈 어디에 숨겼어? 밖에 차 안에는 아무것도 없던데."

이윤호를 죽이려는 찰나 홍귀연의 일행이 들이닥치는 바람에 정효진은 큰 혼란에 빠지고 말았다. 혼자서 총을 든 두 사람을 상대하기에는 너무도 어려운 상황이며, 그렇다고 다 잡은 이윤호를 순순히 저들에게 넘기는 것 또한 있을 수 없는 일이라 어떻게 해서든 이 상황에선 빨리 이윤호를 죽일 수도, 그렇다고 저들에게 넘길 수도 없는 선택의 기로에 홀로 선 상황이 되어

버렸다.

"이윤호, 빨리 말해 돈 어디 있어?"

이윤호는 홍귀연의 다그치는 소리에도 아랑곳하지 않고 호기를 부렸다.

"돈! 나는 이제 지금이라도 당장 죽을 몸인데 그걸 내가 말할 것 같아, 이 미련한 년아! 돈을 너희들에게 줘도 난 죽고, 또 그 돈을 주지 않아도 죽을 텐데 굳이 죽으면서까지 돈을 줄 필요성은 없다고 생각하는데."

이 말을 들은 홍귀연은 갑자기 표정이 바뀌며 창밖으로 여러 번 고개를 돌리면서 묻는다.

"야! 이윤호, 뭘 믿고 그렇게 당당하게 나오는지 모르겠네……. 혹시, 지난번 인천에서처럼 네 똘마니들 이곳에 심어놓은 것은 아니겠지?"

이때, 정효진의 앙칼진 웃음소리가 낡은 창고 안에 울려 퍼진다.

"하하하하! 아하! 그 창고에 연막탄을 던진 거 말이지? 이거 미안해서 어떡하나, 그 연막탄은 내가 던졌어. 홍귀연 네가 이윤호를 죽이려고 해서 내가 이윤호를 너에게 빼앗길까봐 일단 그곳에서 탈출시키려는 목적으로……. 아주 볼만했어. 그때 그 상황들, 하하하하! 지금도 그때만 생각하면 삼류코미디를 보는 것 같아. 이윤호는 내가 직접 잡아서 내 손으로 죽여야 하거든.

그런데 뜻밖에도 네가 이윤호를 선수 치는 바람에 내가 좀 무리수를 뒀었지."

이 말에 홍귀연과 이윤호는 모두 놀란다.

"이런 미친년이, 감히 내가 누군 줄도 모르고 그따위 허튼 짓을 하다니. 정말로 죽고 싶은 게로구나."

이 말과 함께 홍귀연의 총구가 정효진에게 향하고 있을 때 이윤호 등 뒤에 있던 홍귀연의 일행 또한 정효진을 향해 총구를 겨누고 있다.

"이봐! 정효진, 내가 마지막으로 너에게 기회를 주겠다. 만약에 내가 준 기회를 거절하면 너는 여기서 이윤호보다도 먼저 저승으로 보내 너의 오빠를 만나게 해주겠다. 알았어?"

정효진은 상당히 불리한 상황에서도 침착하게 홍귀연의 제안을 단번에 거절한다.

"그렇게 생각하나? 어쩌면 그럴지도 모르지. 지금 상황이 이대 일이니깐. 그렇지만 내 총구 또한 널 향하고 있다는 것을 잊지 않았으면 좋겠네. 홍귀연, 내가 누구에게 총을 맞아도 난 널 충분히 쏠 수 있어. 저기 네가 데리고 온 똘마니는 죽이지 못해도 넌 확실하게 내 손으로 저승에 있는 너의 멍청한 사장에게로 보내줄 테니 거기서 못 다한 연애질이나 실컷 하라고. 누가 먼저 저승에 있는 지인들을 만나는지 내기 할까?"

그렇게 팽팽한 긴장감 속에서 이윤호는 양쪽의 상황을 주시하며 혹시나 있을 수 있는 실낱같은 기회를 엿보고 있었다. 정효진의 협박으로 총은 창가 너머로 던졌지만 그의 몸 안에는 늘 인간쓰레기들을 해체할 때 쓰던 손도끼가 숨겨져 있었기 때문에 마지막으로 이것을 쓰기로 희망하며 사태를 신중하게 주시하기 시작했다.

"그래서 내 마지막 제안을 거절한다 이거군?"

"난 돈 따위는 필요 없어, 단지 저놈의 목숨과 우리 오빠의 복수를 원할 뿐이다."

"그래! 누가 그렇게 못하게 말리냐고, 이 멍청한 년아! 단지 순서를 좀 바꿔서 죽이자는 건데 그게 그렇게도 안 될 일이냐? 내가 먼저 이윤호에게 돈을 다 뜯어내면 너에게 넘겨줄게. 난 돈만 찾으면 된다고 여태껏 귀가 아프게 떠들고 있잖아!"

"아니! 널 내가 어떻게 믿지? 온갖 나쁜 짓은 골라서 저지르고 인간과의 약속을 자기 마음대로 바꾸는 못된 종자에게. 지난날 인천에서 그 꼬마에게 이윤호의 돈을 빼앗으면 반으로 나누어 준다고 약속을 해 놓고는 목적이 달성될 것 같으니 그 자리에서 머리에 총알을 박는 네년을 어떻게 믿느냐고. 네가 나라면 그렇게 하겠어?"

"아니, 이 년이!"

순간, 십여 초 동안 네 사람은 아무런 미동도 없이 쥐죽은 듯 조용한 가운데 모두 동상처럼 움직이지 않았다. 그리고 그 고요함은 곧이어 엄청난 변화로 뒤바뀌게 될 서막의 시작이었다.

"탕!"

짧았던 고요함을 일순간 깨우는 한 발의 총소리와 연이어 이어지는 두 발의 총소리가 그 안에 있던 네 사람의 운명을 순식간에 갈라놓았다.

"탕! 탕!"

이윤호의 등 뒤에 서 있던 홍귀연의 똘마니가 정효진을 향해 총을 쐈고, 왼쪽 팔에 총을 맞은 정효진은 오른손으로 들고 있던 총으로 홍귀연을 향해 쐈으며, 홍귀연 또한 정효진을 향해 한 발의 총을 쐈다.

처음 총소리가 이윤호의 등 뒤에서 울리자 그는 재빨리 몸을 돌려 뒤에 있던 놈의 총을 자신의 왼팔로 쳐올림과 동시에 오른손으론 몸에 숨기고 있던 손도끼를 꺼내어 그 자의 목을 향해 순식간에 휘둘렀다. 목과 가슴의 중간에 정확히 타격을 입은 놈은 그 자리에 서서히 무릎을 꿇고 뒤로 넘어갔으며, 그 사이 목에서는 작은 분수대처럼 핏줄기를 뿜으며 쓰러졌다.

그리고는 순식간에 쓰러진 놈의 손에 쥔 총을 재빨리 집어 엎드린 자세로 앞쪽의 두 여자를 향해 겨누었다. 그러나 두 여자는 이미 모두 바닥에 쓰러져 있었으며 둘 다 숨이 넘어가려는 듯 고통스러운 몸짓을 하면서 꿈틀거리고 있었다. 눈앞에 펼쳐진 광경을 목격한 이윤호는 낮은 자세로 그 자리에서 일어나 서서히 그들이 쓰러져있는 곳으로 다가갔다. 정효진은 한쪽 팔과 복부에 총을 맞았으며, 홍귀연은 가슴에 총을 맞고 고통스러운 듯 힘겹게 숨을 헐떡이며 초점을 잃은 두 눈으로 천장을 향해 흐느적거리고 있다.

"효진 씨!"

이윤호는 바닥에 쓰러진 정효진을 일으키며 "효진 씨, 정신 차리세요!" 하며 두 눈을 응시한다.

그녀의 두 눈은 공포와 후회 그리고 절망이 가득한 눈으로 이윤호를 힘없이 바라보고 있다. 복부에 총을 맞은 정효진은 한 손으론 그곳을 감싸며 복부에서 쏟아져 나오는 피를 막으려 했으나 어느덧 그가 가린 손은 아무런 소용없이 빠르게 붉게 물들이고 있었다. 그럼과 동시에 두 눈에선 눈물이, 입에선 피를 토하면서 마른기침을 하고 있다. 입에서 나온 피는 기침을 할 때마다 얼굴에 묻었고, 그중 여러 핏방울이 눈가로 들어가 어느새 투명한 두 눈의 눈물은 피눈물이 되어 고여 있다. 피눈물과 그 피눈물에 젖은 두 눈은 두려움과 죄책감이 흠뻑 묻어났다. 그런 그녀는 가냘픈 눈으로 이윤호를 바라보며 힘겹게 입을 열었다.

"윤호 씨, 미, 미안해요. 내가 잘못했어요."

이윤호 또한 두 눈에서 눈물을 흘리며 빠르게 말한다.

"아니에요 효진 씨, 말하지 마세요. 제가 병원으로 모시고 갈

게요.”

그러면서 이윤호가 그녀를 들어 올리려하자, 정효진이 복부를 막았던 피범벅이 된 손으로 이윤호의 한쪽 팔을 잡으며 또 힘겹게 말을 이었다.

“아니에요. 윤호 씨, 저, 저는 이제 틀렸어요. 그냥 여기서 윤호 씨, 앞에서 갈 수 있게 해주세요.”

이 말을 들은 이윤호는 심하게 도리질을 하며 소리친다.

“이렇게 그냥 갈 수는 없어요, 효진 씨. 모든 것이 다 나 때문에 일어난 일이에요.”

다시 한 번 정효진이 피를 토하며 기침을 한다.

“윤호 씨, 윤호 씨의 말이 맞아요. 우리 오빠가 그런 짓만 하지 않았다면 아마 우리는 지금 남들처럼 평범하고, 행복하게 예쁜 아이들 낳아서 잘 살 수 있었을 텐데. 짧았지만 우리가 서로 나누었던 친밀감이 저로서는 가장 행복했어요, 윤호 씨.”

그녀는 다시 피를 토하며 고통스러워한다.

“말하지 마, 말하지 말라고! 내가 살려줄 테니까 아무런 말도 하지 마세요. 효진 씨.”

이윤호 또한 가슴이 찢어지는 고통으로 효진에게 통곡한다.

그녀의 눈물도 숨이 곧 끊어질 것이라는 것을 감지했는지 눈 주변에 그가 토한 피와 결합하여 붉은 눈으로 더욱더 짙게 변한 채 살며시 고여 있다. 더 이상 행복한 삶에서 만날 수 없다는 눈빛으로 효진은 힘없이 이윤호의 눈빛을 바라보고 있고, 이윤호 또한 그 눈빛을 읽고도 아무런 대답을 할 수가 없었다. 더 이상 과거의 한 맺힌 세월의 뒤엉킨 실타래처럼 그렇게 서로의 가슴에 크나큰 슬픔과 상처만을 남긴 채 효진의 눈 속에 고여 있던 피눈물은 그의 두 뺨으로 흘러내려 먼지가 수북한 바닥에 떨어지고 있다. 그러자 먼지에 닿은 피눈물 사이로 작고 희미하게 피어오르는 먼지연기와 가냘픈 그의 생명도 함께 사라진다. 그렇게 정효진은 이윤호의 품에서 한 많은 짧은 인생의 마침표를 찍었다. 이윤호는 고통스럽게 숨을 거둔 정효진의 얼굴을 바라보며 눈썹 아래로 흘러내린 그녀의 머리카락을 한 손으로 조심스럽게 쓸어 올리며 자신 또한 고통스럽고 참을 수 없는 분노와 슬픔으로 한 마리의 사자가 울부짖듯 큰소리로 소리쳐 울고 있다.

이윤호의 슬픈 울음소리에 화답이라도 하려는지 주변의 이름 모를 새가 구슬프게 울며 그들의 기구한 운명을 위로하고 있다. 그리고 그는 그렇게 모든 일들이 끝나는 줄로만 알았다.

10. 침묵의 그림자

"선희의 수술이 결정됐습니다."

"예, 그렇군요. 언제입니까?"

"내일 오전 9시 40분에 실시할 계획입니다."

"잘 알겠습니다. 끝까지 최선을 다해주시길 바랍니다."

"최선을 다해 선희의 건강을 찾을 수 있도록 하겠습니다."

이윤호는 정효진이 죽은 후 모든 장례를 마치고 지금은 선희가 입원해있는 병원에 와있다. 선희의 수술이 결정되고, 곧 건강한 몸으로 된다면 지금까지 이윤호가 경험했던 모든 근심과 괴로움들도 조금은 위안을 받을 수 있다는 확신에서다. 과거에서의 모든 기억들이 선희로 하여금 모두 잊혀지기를 소망하며 지금 이윤호의 눈앞에는 귀여운 선희가 지난번 그가 만들어 준 로봇가면을 쓰고, 한손에는 인형을 들고 이윤호를 맞이한다.

"삼촌!"

"그래, 선희야. 우리 선희 잘 있었어?"

"삼촌, 근데 어디 아파?"

이윤호가 슬픔을 아무리 숨기려 해도 이 천사같이 맑고 초롱한 눈망울을 가진 선희는 속일 수가 없나보다.

"응, 삼촌이 감기가 걸려서……."

"그럼 삼촌도 여기서 주사 맞으면 되잖아. 그리고 선희하고 같이 밥도 먹고 놀면 되잖아!"

이윤호는 아무 말 없이 선희를 번쩍 들어 올려 자신의 가슴에 안으려 했다. 그때 선희가 가지고 있던 인형이 바닥으로 떨어진다.

"어! 내 인형. 예쁜 언니가 선희에게 준 인형이 떨어졌네."

그러자 이윤호가 얼른 바닥에 떨어진 인형을 주워 선희에게 준다.

"삼촌, 예쁜 언니는 또 언제 온대? 선희가 보고 싶다고 빨리 오라고 말해줘."

순간 이윤호는 코끝이 찡해지며 눈가에 이슬이 맺히기 시작한다.

"응, 선희야. 예쁜 언니는 이제 선희에게 못 와."

"왜?"

"응, 하늘나라로 갔어."

"정말? 우리엄마도 하늘나라로 갔는데, 그럼 예쁜 언니가 우리엄마도 만나겠다. 삼촌!"

"……"

갑자기 선희가 창가의 하늘을 향해 고개를 들더니 소리 높여 말하기 시작한다.

"예쁜 언니, 하늘나라에서 우리엄마 만나면 선희 이야기 많이 많이 해줘. 선희는 삼촌이랑 병원에서 잘 지내고, 아빠는 선희 예쁜 옷이랑 맛있는 거 많이많이 사준다고 비행기타고 멀리 갔어. 백 밤만 자면 온다고 했어."

이윤호는 두 눈에서 한없이 흘러내리는 눈물을 억지로 참으려 했으나, 이내 두 뺨으로 흐르는 눈물은 그칠 줄 모르고 선희의 작은 등줄기를 적셨다.

선희와 헤어진 후 이윤호는 정효진의 넋을 위로하기 위해 몇 달 전에 잠시 들렀던 작은 암자로 가기로 했다. 그 당시 인자하신 스님의 말씀을 듣고 선희의 아버지를 용서의 길로 잡아주었던 마음과 영혼의 안식처와 같았던 그 암자로 스님과의 약속을 지키기 위해 출발했다.

지난번에 그곳으로 가려는 길은 온갖 새싹들이 피어나고 모든 생명들의 시작 같았던 들녘이었다. 그러나 지금은 온통 여러 가지 색색의 단풍으로 옷들을 갈아입고 보는 이로 하여금 자신들을 뽐내듯 그렇게 큰 눈요깃거리를 주면서 이윤호의 마음을 조금은 가볍게 만들고 있었다.

잠시 후, 암자에 도착한 이윤호는 주차장에 차량을 주차시키고 조수석에 있는 정효진의 영정사진을 들고 조용히 절 안으로 들어갔다.

점심때가 지난 시간 스님께서는 다른 볼 일이 있으신지 절 주변에는 보이지 않았다. 이윤호는 잠시 정효진의 영정사진과 함께 절 주변을 구경하며 마음의 안정을 찾으려 노력했다.

"약속을 지키셨군요?!"

이윤호를 보자 스님께서는 두 손을 모아 합장을 한다. 이윤호도 스님을 향해 고개를 깊이 숙이며 반가움을 대신했다.

"반갑습니다. 정말로 이곳에 다시 오셨습니다."

"예. 지난번 스님께서 저에게 해주신 은혜에 깊은 감사를 드리며, 여기 또 하나의 불쌍한 영혼을 달래기 위해서 이렇게 찾아왔습니다."

"무슨 말씀을요! 지난번에도 말씀드렸듯이 이곳은 모든 사람들이 찾아와 몸과 마음을 쉬며, 때로는 깊은 반성과 부처님의 가르침을 받아가는 곳입니다. 자, 그렇게 서계시지 마시고 빨리 안으로 드시지요."

그렇게 이윤호는 스님의 안내에 따라 부처님이 모셔진 대웅전에 앉아서 차를 마시고 있다.

정효진의 영정사진을 본 스님이 묻는다.

"누구십니까? 아직 젊어 보이는 이 여인은……."

이윤호는 들고 있던 찻잔을 살며시 내려놓으며 무겁게 입을
연다.

"저 때문에 일찍 세상을 떠난 불쌍한 영혼입니다."

스님은 지그시 눈을 감으며 합장을 한다.

"나무관세음보살."

"오늘 이 여인의 한 많은 운명을 달래주고, 또 지난날처럼 스
님의 좋은 말씀을 듣고자 이곳에 왔습니다."

"그간 몇 달 동안 여러 가지로 힘든 일들이 많으셨나봅니다.
얼굴에는 근심과 걱정이 가득하시고, 크게 무언가를 후회하시
는 듯 깊은 한숨을 쉬시는 것을 보니 생명이 살아있는 생명체
이나, 살지도 못하고 죽지도 못하는 지옥을 헤매며, 처량하고
불쌍한 허수아비와 같은 모습을 하고 계십니다. 나무관세음보
살."

이윤호는 지금의 처지를 정확하게 끄집어낸 스님의 말씀에 아
무런 말도 하지 못하고 정효진의 영정사진을 조심히 잡고는 부
처님이 앉아계시는 주변의 여러 영정사진들이 있는 곳으로 발길
을 옮긴다.

"스님, 이곳에 이 가련한 여인의 영혼도 부처님께서 돌봐주실
수 있으신지요?"

"물론입니다. 아마 부처님께서도 흔쾌히 그 젊은 여인의 힘들었던 지난날의 업보들을 모두 떠안으시고 용서하셔서 좋은 세상으로 인도해 주실 것입니다. 나무관세음보살."

그러면서 스님은 이윤호가 들고 있던 정효진의 영정사진을 받아서 부처님 아래 여러 영정사진들이 있는 곳으로 가져가 적당한 자리에 내려놓는다.

"자, 이제 이분께서도 부처님의 품으로 함께 하셨습니다. 저희들도 이분의 넋을 기리는 천도제를 하겠으니, 손님께서도 이곳에 잠시 앉아 기다려주시길 바랍니다."

스님은 조용히 자리를 떠나 밖으로 나가셨고, 이윤호는 혼자 부처님이 계시는 대웅전에 앉아 스님이 돌아오시기를 기다리며 조용히 눈을 감고 정효진을 생각한다.

'짧았지만 우리가 서로 나누고 느꼈던 친밀감이 저로서는 가장 행복했어요. 효진 씨가 마지막에 저에게 말했던 것들이 잊혀지지 않습니다. 우리도 남들처럼 평범하고, 행복하게 예쁜 아이들 낳으면서 잘 살 수 있었다는 말씀이 우⋯⋯.'

갑자기 돌발 상황이 일어나고 말았다.

이윤호는 등 뒤에서 날카로운 무언가가 몸 깊숙이 들어오는 묵직한 통증에 고통을 느끼며 그 자리에서 옆으로 쓰러졌다. 등에는 과일을 깎는 크기의 칼이 비스듬히 꽂혀있었고, 이윤호는 등에 꽂혀있는 칼을 뽑으려 왼팔을 등 뒤로 힘껏 뻗으려했으나 심한 통증과 칼의 위치가 닿지 않아 이내 포기하며 누가 이런 짓을 했는지 고개를 돌려 확인하려했다. 순간 이윤호는 자신의 두 눈을 의심하며 헛것을 본 것이라고 믿으려했으나, 이윤호의 희망은 큰 실망감과 괴로움 속에서 현실 그 자체로 또렷하게 보이고 있었다.

"스님! 왜 이러십니까?"

이윤호는 옆으로 누운 자세로 두 팔을 허리 밑으로 하고 바닥을 향해 밀며 조금씩 일어나려고 하고 있다.

그렇게 인자하고 이윤호의 자상한 스승과도 같았던 스님의 모습은 모두 사라지고, 두 손에는 큰 도끼와 상상할 수도 없는 무서운 얼굴을 하며 이윤호를 죽이려 하고 있다.

"왜 이러냐고? 바로 몇 달 전 이곳에 와서 넌 나와 대화를 나누던 중에 저쪽 영정사진을 보고 단 한 번에 흉악범이라고 하며 손짓을 했어. 그러면서 왜 저런 흉악범의 영정사진이 이곳에 와 부처님의 길로 다른 선량한 사람들의 영혼들과 같이 있냐고 했었지. 네가 그렇게 억울하게 비난하던 저 흉악범의 영정사진은 바로 내 동생인 것을 넌 모르고 그따위 말을 지껄이며 나까지 욕하려 했어. 내 친동생이 아무리 나쁜 짓을 했어도 내 동생이야. 누가 뭐라고 해도 그런 내 동생을 네가 아주 잔인하게 죽였더군."

이윤호는 등에 찔린 칼의 통증과 그곳에서 흘러내리는 피의 고통을 느끼며 힘겹게 그 자리에서 일어났다. 그리고는 천천히 한 발씩 뒤로 물러나며 스님을 피하려고 했다.

"요즘은 경찰에서도 범인의 얼굴을 일반에게 공개하지 않아! 죄인들도 인권이라는 것이 있다고 해서. 그런 덕분에 그 얼굴을 아는 사람들은 극히 드물어. 하물며 이 절에 오는 경찰들과 신도들까지도 저 영정사진이 누군지 아무도 모르거든. 그런데 낯선 이곳에 왔던 너는 단 한 번에 내 동생이 누군지 알아보더군. 나는 그래서 네가 경찰인지 알았어, 너의 존재를 알기 위해서 네가 타고 온 차 안의 문을 열고 뒤져봤지. 그런데 그 안에서 총과 손도끼 그리고 강력 접착제가 의자 밑에 숨겨져 있더군. 겉은 평범하며 순박한 척하고 있다만 속으론 내 동생과 같은 사람들을 조용히 잡아서 사지를 절단하고 잔인하게 죽이는 그 그림자 같은 살인마라고 난 결론을 내리게 되었지. 어때! 내 말이 맞지? 차 안에 있는 손도끼로 내 동생을 그렇게 잔인하게 난도질을 했나? 소리도 못 지르게 내 동생의 입까지 강력 접착제로 붙여놓고는 꼭 그렇게 죽여야 했냐고!"

뒤로 조금씩 물러나는 이윤호에게 가지고 있던 도끼를 두 손을 높이 들어 올리며 다시 앞을 향해 힘껏 내려쳤다. 순식간에 자신을 향해 날아오는 도끼를 피하려 이윤호는 뒤로 힘껏 뛰어 찰나의 순간을 피했으나, 바닥에 넘어지고 말았다. 그러면서 그곳에 가지런히 정렬되어 있는 여러 영정사진들 또한 무참히 깨지고 부서지며, 이윤호와 함께 바닥으로 내동댕이쳐졌다. 그 중 하나의 영정사진이 이윤호 앞에 떨어졌다.

"인간쓰레기."

"그래. 바로 네가 3년 전에 잔인하게 죽인 내 동생의 영정사진 이다."

이윤호는 좀 전과는 다른 극심한 통증을 느끼며 어금니를 꽉 깨물고는 스님을 힘주어 두 눈으로 쳐다본다.

"이봐, 너도 살고 싶은가? 그렇게 많은 사람들의 목숨을 잔 인하게 죽이고도 넌 살고 싶어? 불쌍한 중생아, 그렇지만 넌 오 늘 나에게 죽고 말거야. 네가 데리고 온 저 계집과 함께 내가 같이 갈 수 있게 보내주겠어."

'저자는 지난 번 나에게 삶의 희망과 방법을 알려준 고마운 스님의 모습은 사라지고, 입에선 나를 죽이려는 듯한 칼날 같 은 욕설과 비난으로 신성한 부처님이 계시는 법당 안에서 승복 까지 입고서 삐뚤어진 복수를 하고 있다.'

"자, 이제는 여기까지다. 저승에 가서 내 동생을 만나거든 무 릎 꿇고 빌어라. 그러면 혹시나 착한 내 동생이 널 용서할지도 모르니."

이 말을 들은 이윤호는 간신히 윗몸을 일으켜 스님에게 말 한다.

"스님의 동생은 스님께서 생각하신만큼 착하지 않습니다. 오히려 착한 사람들을 죽이고 괴롭혔던 인간쓰레기였습니다.”

이 말에 스님은 좀 전보다 더 높이 도끼를 머리 위로 들어올리며 소리친다.

“뭐야!”

스님의 머리 위에서 힘껏 내려오는 무서운 도끼의 무게와 속도를 보자 이윤호는 있는 힘을 다해 간신히 옆으로 피했다. 그러자 스님의 도끼는 이윤호가 있었던 대청마루 자리에 꽂혔다. 너무도 세게 내려친 덕분에 도끼는 마루에 꽉 끼어 빠지질 않았다. 이윤호는 이때를 놓치지 않고 바닥에 떨어져있는 영정사진 액자의 깨진 날카로운 유리파편을 집어 스님의 좌측 목을 있는 힘껏 찔러 넣었다. 목에 찔린 스님은 격렬한 고통의 몸짓과 비명을 지르며 한 손으로 찔린 목을 잡고 작은 법당 안에서 이리저리 중심을 잃고 흐느적거리다가 이내 바닥에 쓰러지고는 고통스러운 죽음을 맞이하게 되었다.

법당 안은 스님의 목에서 뿜은 피로 온통 얼룩이 져 있었으며, 그 위에 인자하게 앉아계신 부처님께서도 스님의 목에서 흘린 피로 어느덧 황금색의 모습이 사라지고, 더럽고 추악한 인간의 오염된 붉은 피의 색으로 변해 계셨다. 피에 젖은 승복과 광기어린 눈 그리고 우리들의 모든 행동들을 묵묵히 지켜보고 계셨던 인자하신 부처님께서도 붉은 모습으로 바닥에 쓰러져있는 두 사람을 내려다보고 계셨다.

등 뒤에 꽂힌 칼 사이로 어느덧 등은 피로 얼룩이 되어 버리자 이윤호는 '이젠 나도 가야 할 때가 된 것 같구나⋯⋯.' 하고 생각했다.

이윤호의 몸은 어느덧 차가운 한기가 몸 전체로 스며들었다. 엎드린 자신의 몸과 왼손에 느슨하게 쥐어진 정효진의 구겨진 영정사진을 힘없이 바라보고 애타게 그리워하는 천사 같은 선희를 생각하며, 지금껏 이 세상에 태어나 가장 외롭고 서러운 자기 자신의 운명을 탓하면서 본인 스스로도 모든 것을 체념한 듯 힘겨운 삶이 이젠 끝났다는 안도감과 후회감으로 엷은 미소를 지어 보인다.

'이 세상 누구 하나 알아주는 이 없이 그저 어둡고 무거운 인생이 내 삶의 전부였다니, 모든 것을 떨쳐낸 후련함을 이제야 벗어내는구나⋯⋯.'

이윤호는 스스로 이것이 마지막이란 것을 직감했는지 지금까지의 시간들을 떠올렸다. 과연 누구를 위해, 무엇을 위해 삶을 살았으며, 결코 감내할 수 없었던 지나온 시간들도 행복한 어둠 속으로 영원히 인도되기를 기원하면서. 그리고 악몽 같았던 지난 몇 년 간의 생활들은 이젠 모두 잊어버리고 편안히 그의 가족 품으로 돌아가기를 기원하며 서서히 눈을 감는다.

종장

"뉴스를 알려드립니다. 어제 오후 2시경 경기도의 한 작은 암자에서 살인사건이 일어났습니다. 그곳에는 스님으로 보이는 한 구의 시신과 등에 칼이 꽂혀 의식을 잃은 30대 중반의 남자가 온몸에 상처를 입고 쓰러져 있는 것을 그곳에 불공을 드리러 온 한 신도에게 발견되어 경찰에 신고하였다고 합니다. 아직 살아있는 30대 중반의 남성은 급히 ○○대학병원 응급실로 실려 갔으나 중태라고 합니다. 경찰에서는 보기 드문 법당에서의 살인사건에 당혹감을 감추지 못하며 수사에 착수하였다고 합니다. 지금까지 조은영이 알려드렸습니다."

– 수사 2과 회의실 –

"여러분도 뉴스와 정보를 통해서 알게 되었으리라 생각하고, 조금 전에 사건현장으로 이연강 형사와 이정욱 형사가 급파되어 조사 중입니다. 지금 즉시 차소라와 한만영 형사는 그 30대 중반의 남성이 입원하고 있는 응급실로 가서 즉시 신원 파악을 하고 올 수 있도록 합니다."

과장은 다른 사건에서는 볼 수 없었던 진지함으로 형사들에게 다그치듯 비장한 표정으로 사건의 중요성을 인식시키고 있었다.

"과장님, 뭔가 집히는 구석이라도⋯⋯."

차소라가 조심스럽게 질문한다.

"처음 정보를 제보한 경찰에 따르면 사건이 난 암자에서 조금 떨어진 승용차 안에 총과 소음기 그리고 손도끼가 발견되었다고 합니다. 그래서 조금 성급하긴 하지만 제 생각으로는 등에 칼이 꽂힌 30대 중반의 남자가 혹시 이윤호가 아닐까 하는 생각이 들어서 이렇게 긴급히 수사방향을 지시하고 있으니 여러 형사들께서는 빠른 기동성으로 수사에 임해주시길 바랍니다."

"야! 차소라, 빨리 나와."

한만영은 차소라를 급히 부르며 회의실 밖으로 나가 주차장 쪽으로 향하고 있다.

잠시 후, 두 사람은 혼잡한 서울 사대문 거리를 통과하고 있다.

"그 대학병원 응급실이 이 길로 가면 제일 빠를 거야."

한만영은 온갖 교통법규를 위반하며 질주하듯 복잡한 시내 거리를 달려가고 있었다.

"어, 어, 어? 조심하세요! 이러다 시집도 못가고 죽겠다고요."

차소라가 조수석 창문 위에 달린 손잡이를 두 손으로 꽉 잡는다.

"이게, 안전띠까지 차고는 무슨 엄살이 그렇게 심하냐?"

그러나 두 형사가 탄 승용차는 한만영의 노력에도 불구하고 목적지를 바로 앞에 두고 극심한 정체에 시달리고 있다.

"계장님, 혹시 우리가 가는 병원 응급실에 그 이윤호가 있다면 어떻게 하죠?"

여전히 조수석 위 손잡이를 붙잡고 차소라가 묻는다.

"어떻게 하긴 뭘 어떻게 하냐? 잡아야지!"

"지난번 제가 똑같은 질문을 했는데, 그때는 이렇게 대답 안 하셨잖아요."

뭔가 고민을 하듯 한만영은 운전석 창문을 내리고 담배를 하나 입에 문다.

"경찰로서는 잡아야 하니깐 잡는 거고, 경찰이 아니었다면 그 이윤호가 영영 숨어서 흉악범들을 모조리 싹 쓸어줬으면 좋겠다."

담배 연기가 싫은지 차소라는 조수석 창문을 열며 말한다.

"저도 같은 생각이에요. 지금 응급실에 있는 남자가 제발 이윤호가 아니길 바라고 있습니다."

"야, 이윤호 잡으면 1계급 특진인데 그래도 싫으냐?"

"네, 싫습니다. 전 승진하는 것보다는 경찰 퇴임할 때까지 현장에서 계속 근무하고 싶어요……. 이윤호 그 사람, 우리가 못하는 법의 한계를 그 사람이 대신해서 집행한다면 전 찬성입니다."

그 말과 함께 차소라는 큰 한숨을 내쉰다.

그렇게 한 시간이 흘러 두 형사는 목적지에 도착했고, 차에서 내리자마자 경찰 신분증을 왼쪽 가슴에 달고 응급실로 들어갔다.

응급실 내부는 방송국 취재진과 경찰 그리고 환자와 의사들이 서로 뒤엉켜 분주한 명절 전날의 5일 장을 연상케 할 정도로 혼잡했다.

"이거 병원 응급실이 왜 이 모양이야!"

"그러게나 말입니다."

두 형사는 사람들로 분주한 복도를 뚫고 지나가 드디어 그들이 찾는 방으로 들어가려했다. 그때 의사 복을 입은 키가 큰 남자가 문 앞에서 그들을 가로막았다.

한만영이 의사에게 신분증을 단 가슴 쪽을 손으로 짚으며 자신들의 신분을 아무 말 없이 드러내려고 하자, 앞의 의사 또한 아무 말 없이 자신의 흰 가운 가슴팍에 파란색 실로 짙게 수놓은 이름과 직위를 한 손으로 가리키며 한만영과 똑같은 방법으로 상대에게 자신의 위치를 알리고 있다.

"잠깐이면 됩니다. 수사에 협조하시죠?"

"지금 이 안에 치료받는 환자는 절대 안정이 필요합니다. 아직도 혼수상태에 있으므로 제 허락 없이는 이곳의 원장님이라도 들어갈 수 없습니다."

의사의 쉽지 않은 경비 역할에 한만영이 한숨을 쉬며 "얼굴만 확인하고 지문 하나만 뜨면 됩니다."라고 말하자, 의사는 그 말에 전혀 동의할 수 없다는 표정으로 한만영을 쳐다보고 "영장 가져오시죠!"라며 단호했다.

"이거 공무집행방해로 당신 집어넣을 수도 있어!"

이 말에 의사는 미간의 주름을 짙게 구기고 대응했다.

"제가 무조건 안 된다는 것이 아니라, 지금은 안 된다는 것입니다. 내일 다시 오시죠. 아마 그때쯤이면 환자도 혼수상태에서 깨어날 것이고, 그때 모든 조사를 하셔도 늦지 않다고 봅니다."

팽팽한 신경전이 오가고 있을 때 의사가 다시 한 번 어금니를 깨물고 한만영을 향해 말한다.

"만약 제 경고를 무시하고 이 문 안으로 들어가신다면 언론과 인권위 그리고 의사협회에 이 사실을 알리고 지금 저기 모여 있는 취재진들에게도 모든 사항을 낱낱이 보고할 것입니다."

들어가려는 한만영과 그것을 막으려는 의사는 서로 전쟁이라도 하려는 듯 으르렁거리며 서로의 입장차를 조금도 굽히지 않고 있었다.

그때 두 사람의 말과 행동을 끝까지 보고 있던 차소라가 껴든다.

"좋습니다. 그럼 영장가지고 오겠습니다. 그동안 환자를 잘 치료하시고 절대로 밖으로 나가지 못하게 하시길 바랍니다."

그 말과 함께 차소라는 한만영을 억지로 끌고 밖으로 나가기 시작했다.

"야! 차소라, 영장 받으려면 최소한 하루는 걸리는데 그때까지 어떻게 기다리냐?"

"어쩔 수 없잖아요. 담당의사가 안 된다고 하는데, 그렇다고 저 안에 있는 환자가 지금 혼수상태라고 하니깐 어디로 도망은 못가겠죠. 아까 현관에 정복차림의 경찰들이 지키고 있는 걸 보셨잖아요. 그러니 내일까지만 참아요, 계장님."

"아이 씨, 별놈이 다 거치적거리네, 이거……"

그렇게 두 형사는 이윤호라 의심받는 응급실의 환자를 뒤로 한 채 영장신청을 하기 위해 다시 관할경찰서로 돌아갔다. 그들이 돌아간 것을 직접 눈으로 확인한 의사는 쓴웃음을 지으며 다시 응급실로 돌아와 그가 그토록 보호하려던 환자의 방으로 들어간다.

의사가 그렇게도 지키려는 사람은 등과 가슴으로 흰 붕대를 여러 겹으로 둘러 감았으며 아직 마취에서 깨어나지 않은 채 한 없이 깊은 잠에 빠져있다.

그렇게 하루가 지나고 이른 새벽녘, 환자는 마취에서 깨어났 는지 이리저리 몸을 꿈틀거리며 상처의 고통으로 인한 힘겨운 몸부림을 하고 있다.

"정신이 좀 드시는지요?"

의사는 누워있는 환자의 얼굴에 자신의 얼굴을 내밀며 말을 시키고 있다.

'어떻게 된 것이지? 내가 살아있구나, 죽었어야 할 내가 왜 살 아있지?'

이윤호가 조심스럽게 실눈을 뜬다. 누군지 모르는 사람의 낯 선 목소리에 귀를 기울이며 조금 더 두 눈에 힘을 주어 눈을 떠 보니 희미한 사람의 형상이 이윤호를 내려다보고 있었다.

"이윤호 씨, 혹시 제 말이 들리신다면 두 눈을 깜빡여보세 요."

이윤호는 두 눈을 작게 깜빡였다.

"아! 다행입니다. 저는 당신을 책임지고 있는 외과의사 오공훈 이라고 합니다."

순간 이윤호는 지난 몇 달 전 심야 TV토론에서 자신을 두 둔하며 유일하게 공적인 자리에서 자신의 편이 되어주었던 그를 생생히 기억하고 있었다.

"무려 열다섯 시간동안 이윤호 씨의 위험한 수술을 제가 직접 집도하였고, 솔직히 수술의 성공률은 반반이었습니다. 등에 꽂힌 칼이 간을 건드려서 심각한 간 폐쇄증이 시작됐고, 너무나도 많은 피를 흘려서 저에게는 무척 힘든 수술이었습니다. 그렇지만 저는 이윤호 씨를 끝까지 살리기 위해서 제가 가지고 있는 기술을 모두 쏟아 부었고, 또한 이윤호 씨 스스로도 삶의 의지가 강하셨기에 지금의 결과를 얻었다고 확신합니다."

이윤호는 다시 두 눈을 크게 뜨고, 눈앞에 있는 의사의 흰 가운을 쳐다보며 파란색 실로 짙게 박은 이름을 읽는다.

'외과 전공의 오공훈.'

"이윤호 씨, 지금은 아무 정신이 없을 것입니다. 어떻게 여길 왔으며, 왜 눈앞에 있는 못생긴 의사가 자신의 이름을 부르며 친한 척을 하는지……."

이윤호는 궁금했다. 그가 말하는 모든 것이.

"시간상으로 이틀 전 오후에 정확히 18시 정각에 당신은 우리병원 응급실에 실려 왔었습니다. 등에 칼이 꽂혀있던 상태로 숨이 곧 끊어질 것처럼 아주 약하게 심장이 뛰고 있었죠. 그 당시 저는 막 병원을 퇴근하려고 1층 현관으로 나가려는데 경찰복을 입은 두 사람의 이야기를 우연찮게 듣게 되었습니다.

"이봐 김순경, 지금 응급실로 가는 사람을 끝까지 잘 감시하라고. 혹시 이윤호일 가능성이 매우 높으니깐! 난 지금 상부에 보고하러 갈게."

"순간 저는 이상한 생각이 들었습니다. 도대체 어떤 사람이길래 환자를 감시하고 상부에 보고까지 한다는 것인지. 그래서 저는 다시 병원으로 들어와 의사 가운을 입고 응급실로 가서 거의 반 죽어있는 당신을 발견했습니다. 그리고는 당신 옆을 지키고 있던 순경에게 한 번 슬쩍 떠봤죠."

"이 환자의 모든 정보가 없으면 절대로 치료를 하지 말라는 윗분들의 지시가 내려와서 말이죠. 상황을 알아야 저 등에 꽂힌 칼을 무사히 뺄 수가 있으니 담당의사인 저에게만 살짝 알려주신다면 제가 모든 책임을 지고 저 환자를 곧 수술실로 보내드리겠습니다. 이렇게 말을 건네자 그 순진한 순경은 모든 사실을 순순히 나에게 말해주더군요. 전 그 말을 듣고 당신이 이 시대의 숨은 악마라는 것을 알았을 땐 온몸에서 전기가 도는 듯한 느낌을 받았죠. 나의 영웅을, 내가 직접 내 손으로 당신의 생명을 살려야 한다는 부담감보다는 반드시 살려내서 다시 사회로 복귀시켜 법에서 지키지 못하는 우리들의 선량한 이웃과 그 반대로 짐승만도 못한 인간들을 모조리 쓸어버리는 이윤호 당신을 무슨 수를 써서라도 살리겠다고 저는 다짐하고 또 다짐했습니다. 그리고 지금 이렇게 당신은 살아났습니다. 저의 노력이 헛되지 않아 정말로 다행이라 생각합니다."

이윤호가 아무런 말도 못한 채 무거운 자신의 몸을 일으키려 한다. 그것을 본 오공훈이 그를 부축하여 자리에 앉게 도와주었고, 이윤호가 침대의 파이프 손잡이를 힘겹게 잡으며 무겁게 입을 열었다.

"날 살렸으니 경찰에서 날 잡아가겠군요. 분명히 밖에는 경비를 서는 사람들이 있을 텐데……."

이 말을 들은 오공훈이 "무슨 말씀을요, 당신은 절대로 감옥에 가지 않을 것입니다."라고 말한다.

이윤호가 무슨 뜻이냐는 듯 오공훈의 얼굴을 쳐다본다.

"이윤호 씨, 당신의 상처는 아직도 심하게 훼손되어 있습니다. 원래는 이곳에서 약 두 달간은 입원을 해야만 완쾌가 가능한데, 그러자면 당신은 모든 경찰과 언론의 집중 조명을 받게 될 것입니다. 그래서 제가 딱 한 가지 묘안을 생각해낸 것이 있습니다. 그것은 바로……."

이때 이윤호가 오공훈의 말을 가로막으며 질문한다.

"왜, 나 같은 놈에게 그런 호의를 베푸시는 것입니까? 만약에 그것이 발각된다면 의사선생님께서도 책임을 피해갈 수는 없으실 텐데요."

이 말을 들은 오공훈이 갑자기 표정이 어두워지면서 아직도 태양이 뜨지 않은 창밖의 어두운 새벽녘을 바라보며 힘겹게 입을 연다.

"정확히 5년 전, 오늘 제 아내는 같은 병원 의사로서 산부인과에서 근무를 하고 있었습니다. 원래는 쉬는 날이었는데 갑자기 어느 유산한 임부의 생명이 위독하다는 전화를 받고 급히 병원으로 가려고 지하주차장으로 내려가 차를 타고 가려했었습니다. 그러나 그곳에서 숨어 있던 흉악범에게 무참히 폭행을 당하고, 결국엔 목을 졸려 살해를 당하는 일을 겪게 되었습니다. 그런데도 그런 흉악범에게 우리의 법은 고작 징역 12년의 교도소 생활로 그의 죗값을 대신하라고 하더군요. 그래서 전 여러 차례 재심을 요구했지만 모두 기각되고 저희 아내만 억울한 죽음을 맞게 되었던 것입니다. 사람에게 짐승만도 못한 짓을 하고도 또한 그 피해가족의 가슴에 또 한 번의 살인을 저지른 인간이 아닌 인간에게, 그런 형편없는 죗값을 적용하다니 저는 도저히 이해가 가질 않았습니다. 그러면서 전 우리나라의 법을 불신하며 어떻게 하면 흉악범들을 없애는 일을 할까 고민을 했습니다. 그런데 3년 전부터 뉴스에서 그토록 제가 고민하던 것을 실제로 실행에 옮기는 사람이 등장하게된 것입니다. 흉악범들을 잡아 사지를 절단 내고 사라지는 유령 같은 사람이 나타난 것이지요. 나와 똑같은 생각을 하는 사람이 있구나. 누군지 모르는 그 사람에게 존경과 유대감을 느낄 수가 있었고, 저도 그렇게 살기를 늘 꿈꾸며, 당신이 그 흉악범들을 잔인하게 죽일 때마다 저 역시 큰 대리만족을 느꼈습니다. 혹시 지난 봄 심야

TV토론을 보셨다면 사회자가 마지막에 저에게 한 질문을 기억하시는지요?"

그러면서 의사는 진지한 표정으로 이윤호를 쳐다본다.

"예, 알고 있습니다. 만약 흉악범이 의사선생님에게 치료를 받는다면 어떻게 할 것인지에 관한 질문이 생각납니다."

"아! 감사합니다. 그 당시 TV를 보셨군요!"

이윤호는 아무 말 없이 고개만 작게 끄덕인다.

"여기에서 그 물음의 솔직한 답변을 해드리겠습니다. 저는 어느 누구든 이 사회의 흉악한 범죄를 짓고 저에게 온다면, 제가 가지고 있는 기술을 총동원하여 아무도 모르게 서서히 고통을 주며 아주 힘겹게 죽을 수 있게 도와줄 것입니다. 이걸로 이윤호 씨의 질문에 어느 정도 답변이 되었으리라 생각이 듭니다."

이윤호는 다시 아무 말 없이 의사를 쳐다본다.

그러면서 의사는 갑자기 병실에 걸려있는 시계를 쳐다보며 재촉한다.

"자, 시간이 없습니다. 당신은 빨리 이곳에서 벗어나야만 합니다. 그러자면 저의 도움이 필요하니 제가 하라는 대로 하시면 무사히 이곳을 탈출하실 것입니다. 아니 제가 반드시 이곳에서 탈출시키겠습니다."

그러면서 이윤호를 부축하여 침대에서 내려오게 도와주었다.

오공훈은 이윤호를 부축하여 바로 옆에 있는 문을 통해 자신의 방으로 데리고 간다. 이윤호가 있었던 방과 문 하나 차이로 오공훈의 방은 연결되어 있었다. 아마 오공훈은 이윤호의 탈출을 미리 계획하고 자신의 방과 통하는 병실을 잡은 것으로 생각된다.

이윤호는 오공훈의 부축을 받으며 무거운 몸을 일으켜 조심스럽게 오공훈의 방으로 들어갔다. 4평정도 되는 진료실은 깔끔하고 그의 책상 위 창문 벽 사이에는 그동안의 학식을 자랑하듯 여러 개의 전공 수료증과 학위 액자들이 걸려있었다. 그리고 책상 위 컴퓨터 옆에는 주먹만 한 히포크라테스의 작은 흉상이 보였으며, 이 사람이 진짜 의사라는 것을 증명해 주었다.

"자, 이제 이 옷으로 갈아입으세요."

사물함에서 푸른 녹색의 수술복과 마스크, 그리고 머리에 쓰는 두건까지 꺼내어 이윤호에게 건넨다.

"이윤호 씨, 지금 이윤호 씨의 몸 상태는 그리 좋은 편이 아닙니다. 그렇지만 등에 찔린 상처부위를 뺀 나머지 부분들은 모두 정상적인 활동을 하는 데는 그다지 큰 무리가 없다고 판단됩니다. 지금 수술을 받은 등 부위는 감각이 전혀 없으실 것입니다. 그것은 제가 이윤호 씨의 탈출을 돕기 위해서 그곳에 다량의 마취주사를 놓았습니다. 마취의 효과는 앞으로 3시간, 그 안에 이윤호 씨는 이곳을 벗어나 안전한 곳으로 피신하여 제가 드리는 항생제와 진통제를 꾸준히 복용하면서 약 한 달간 치료에만 전념하셔야 합니다. 자칫 상처부위에 염증이 나거나 거부반응이 일어난다면 빨리 가까운 병원으로 찾아가셔서 치료를 받으셔야 하고, 그것이 위험하다고 생각되시면 저에게 전화를 주시길 바랍니다. 전 어떠한 위험이 눈앞에 있더라도 이윤호 씨를 적극적으로 도울 준비가 되어 있습니다."

의사의 말을 들은 이윤호는 슬쩍 오공훈을 쳐다보며 말한다.

"당신이 위험을 감수하면서까지 내가 살아야 할 이유가 있습니까? 난 살인잔데……."

의사는 굳은 신념에 찬 표정으로 고개를 좌우로 돌리며 답한다.

"그것은 이윤호 씨 스스로가 더 잘 알고 계시리라 믿습니다. 악은 악으로써 그 악행을 막을 수 있다고 저는 생각합니다. 요즘 말하는 천당이니, 지옥이니, 선한 것, 악한 것 따위는 전혀 관심 없습니다. 그러나 사람은 사람으로 태어난 이상 그 사람으로서의 그 가치를 지키고 유지하는 공동체의식 속에서 우리는 함께 더불어 살며, 그것이 궁극적으로 서로에게 의로운 일이라고 생각합니다."

그러면서 오공훈은 이윤호가 옷을 벗을 수 있게 도와주며 자신이 가져온 옷을 입혀주고 있다.

"와, 감쪽같이 속아 넘어갈 것 같은데요!"

이윤호의 모습을 본 오공훈은 감탄을 금치 못했다.

머리에 수술용 두건과 마스크 그리고 전신을 둘러 입은 푸른 녹색의 수술용 복장으로 갈아입자 이윤호가 영락없는 수술집 도의로 보였기 때문이다.

"그리고 이걸 가지고 가십시오."

오공훈은 자신의 자동차 열쇠와 약봉지를 담은 작은 가방을 이윤호에게 건넨다.

"이것은 아까 말씀드린 항생제와 진통제입니다. 3시간이 지나면 마취가 없어질 것이고 그러면 극심한 통증에 시달리게 될 겁니다. 이 안에 설명서를 함께 넣었으니 반드시 3시간 안에 안전한 곳에 당도하시길 바랍니다. 참고로 제 차는 현관문 좌측에 있는 주차장에 있습니다. 번호는 3316, 검은색 BMW입니다."

이윤호는 아무 말 없이 오공훈이 시키는 대로 모두 따라 해야 했으며, 다시 한 번 목숨을 건 도박을 해야 할 때가 오고 말았다.

"자, 모든 준비는 이제 끝났습니다. 이윤호 씨, 지금 저 문을 나가는 순간 침착하게 진짜 수술실로 가는 의사처럼 행동하셔야 하고, 절대로 뒤를 돌아보셔서는 안 됩니다. 오직 앞만 보고 밖으로 나가주십시오. 아직 이른 아침이라서 그리 사람들이 많지는 않을 것입니다. 그리고 현관에는 경찰관 두 명이 지키고 있으니 참고하시길 바랍니다. 무사히 제 차를 타시고 이곳을 빠져나가시면 차는 아무 곳에나 버리시고 부디 안전하게 당신이 가시는 곳으로 무사히 도착하시길 진심으로 소원합니다."

이때, 이윤호가 오공훈을 향해 무언가 이야기를 하려고 했다.

"아무 말도 하지 마십시오. 이윤호 씨! 당신이 저에게 무슨 말을 할지, 무슨 생각을 하는지 다 알 것 같습니다. 부디 이곳을 탈출하게 되면 다시 건강한 몸을 되찾으셔서, 늘 평소에 하던 일을 이어가 주시면 저는 더 이상 바랄 것이 없습니다. 자, 어서 이곳에서 나가세요. 시간이 없습니다."

오공훈의 말이 끝나자 이윤호는 그에게 악수를 청하며 아쉬움을 대신했고, 두 사람은 간단한 눈인사를 주고 받았다. 그리고 이윤호는 뒤를 돌아 허리춤에 있는 문손잡이를 살며시 돌리며 밖으로 나갔다.

'이윤호 씨, 성공을 기원합니다. 난 당신이 탈출하는 동안 잠이나 실컷 자려고 합니다.'

이윤호가 나가는 모습을 보자 오공훈은 주머니 속의 작은 수면제를 입 안에 넣고 자신의 방 안에 있는 책상의 모든 집기류를 소리 나지 않게 뒤집고 파손하기 시작했다.

'자, 이정도면 됐고, 이젠 내 몸에 상처를 내야겠지.'

자신의 두 주먹으로 얼굴을 마구 때리며 일부러 상처를 내기 시작했다.

오공훈의 방에서 나온 이윤호는 무거운 긴장감 속에서 주변을 조심히 살피며 진짜 자신이 의사인척 태연하게 현관문이 보이는 쪽으로 걸어가고 있다. 걸음이 휘청거리고 온몸이 무거워 당장 주저앉으려 했으나, 그럴수록 더욱더 힘을 내어 자연스럽게 병원 복도를 차분히 걸어 현관문 쪽으로 무사히 도착했다. 오공훈의 말대로 아직 이른 아침이라 사람들은 그리 많지 않았으며, 현관문을 지키는 경찰관들도 서로 잡담만 나누며 계단에 앉아있었다. 현관문 밖으로 나온 이윤호는 주차장 쪽으로 방향을 틀어 3316의 검은 BMW에 올라타고 무사히 그곳을 빠져나왔다.

"뭐 이런 개 같은 경우가 다 있어! 이게 다 그 의사놈 때문이야. 내가 그 의사놈을 가만두나봐라!"

지금 한만영 형사가 화를 참지 못하고 이윤호가 입원했던 병원 로비에서 소란을 피우고 있다.

"고정하세요! 여기는 병원입니다."

어느 나이 많은 간호사가 불만 섞인 목소리로 말한다.

"뭐! 내가 지금 고정하게 됐어. 다 잡은 범인을 그 의사놈 때문에 놓치고 말았는데, 응!"

이때 차소라가 병원 사무실 쪽에서 나와 한만영에게 뛰어온다.

"계장님, 진정하세요. 그 의사도 이윤호에게 폭행을 당하고 지금 정신을 못 차리고 있다는데요."

"당해도 싸지! 내가 어제 뭐라고 했어? 얼굴만 확인하면 된다고 했는데, 그걸 못하게 하더니 이윤호한테 실컷 두들겨 맞고 침대에 누워 자빠져 잔다고? 그거 쌤통이구만."

그러면서 그곳에서 급히 나온 한만영은 차소라에게 큰 소리로 말한다.

"야! 차소라, 지금 즉시 CCTV로 이윤호의 동선을 찾아보고 과장님에게 이윤호 수배령 내려달라고 요청해!"

"계장님은 뭐하시게요?"

"난 그 의사놈 깨어나면 공무집행방해로 집어넣을 거야. 이놈 때문에 다 잡은 이윤호를 눈앞에서 놓치고 말다니. 어제 그렇게 사정을 했건만 이런 꼴통 같은 놈. 뭐? 영장을 가져와……. 오공훈인지 손오공인지 요놈 깨어나기만 해봐라."

"뉴스를 알려드립니다. 어제 경기도의 한 작은 암자에서 있었던 살인사건은 그간 3년 동안 흉악범들을 잔인하게 죽여 온 이윤호의 범행으로 밝혀졌습니다. 이윤호는 가명과 변장으로 사람들에게 그림자 같은 존재로 숨어 지내다 흉악범들이 나타나면 아무도 모르게 신체를 절단해 살해하는 엽기적인 행각을 벌이고 다녔습니다. 경찰에서는 공개수사를 통하여 이윤호의 행방을 찾고 있으며, 현상금으로 일억 원을 걸었다고 합니다. 지금까지 유예지가 전해드렸습니다."

- 3개월 후 -

그동안 이윤호는 상처부위를 치료하며 그의 집에서 꼼짝도 하지 않았다. 간혹 선희의 수술경과가 궁금하여 면회를 갔을 뿐 그 밖의 외출은 나가지 않았다. 한때 상처부위에 염증이 생겨 오공훈을 찾은 일이 있었지만, 오공훈은 이윤호의 치료만 해주었을 뿐 그가 어디에서 무엇을 하는지 절대로 묻지 않았다.

하루 빨리 부상에서 완쾌가 돼야 그동안 처리 못 했던 인간쓰레기들을 조금이나마 이 사회에서 없애버릴 수가 있는데, 지금으로써는 그들을 제거하기 위한 하나의 정비기간으로 되새기며 수첩을 꺼내어 제거할 인간쓰레기들의 목록을 적고 있다.

지금 이윤호 스스로도 본인이 죽었어야 할 운명을 빗겨나간 것은 그가 믿고 있지 않은 신의 존재로부터 '너의 명줄을 조금만 더 연장시켜 줄 테니 하던 일을 끝까지 하라.'는 암묵적인 명령으로 받아들이기로 하며, 침대에서 일어나 창밖을 바라보고 있다.

12월의 초겨울은 온통 하얀 눈 세상으로 덮여 있었으며, 지난날의 쓰라린 상흔들도 저 흰색의 눈 밑으로 영원히 가라앉기를 희망해 본다.

'오늘은 우리 선희에게 가봐야겠는걸.'

그동안 이윤호가 그토록 아끼는 선희는 무사히 수술을 마쳤고, 너무 어린 나이에 큰 수술을 겪었기 때문에 아직도 병원 회복실에서 치료를 받고 있다. 그 사이 이윤호도 본인의 치료를 하면서 틈틈이 만들어 온 가면을 작은 쇼핑백에 담으며 나갈 준비를 하고 있다. 몸이 완전하지는 않아도 이 세상에 단 하나밖에 없는 천사 같은 선희를 보는 것이 이윤호의 낙이라면 큰 낙이다.

발목까지 쌓인 눈을 조심스럽게 밟으며 오늘은 승용차보다는 지하철을 타고 선희에게 가는 것이 더 안전하다고 판단한 이윤호는 지하철역까지 눈을 맞으며 걸어가고 있다. 새로 산 등산화가 내린 눈 속으로 파묻힌다. 조심히 길에 쌓인 눈을 따라서 걸어가는 이윤호의 눈에는 여러 사람들의 모습들이 들어왔다. 인도에는 눈사람을 만들고 있는 어린 꼬마들, 그 앞에는 서로 웃으면서 작은 눈뭉치를 주고받으며 눈싸움을 하는 청소년들, 작은 구멍가게에서 호빵을 먹고 있는 아기와 그의 어머니. 모두들 행복한 표정으로 하늘에서 내려오는 하얀 눈 때문인지 저마다 행복감을 느끼면서 자신들의 삶에 만족하는 모습들이 이윤호의 눈에 선명하게 들어왔다.

'부디 저들에게 아무 일 없이 행복한 삶이 이어지기를 희망하

며, 저들의 행복을 짓밟는 인간쓰레기들은 내가 결코 용서하지 않으리라.'

그렇게 하얀 세상의 모습들을 뒤로한 채 이윤호는 지하철 입구에 도착했다. 조심히 계단을 내려가며 몸과 머리에 얌전히 묻어있는 흰 눈을 한 손으로 털고 조심스럽게 개찰구를 지나 지하철을 기다리고 있다.

잠시 후, 안내방송과 함께 선희에게 갈 지하철이 도착했다. 스크린도어와 함께 지하철의 출입문이 동시에 열리자 이윤호는 그 안으로 들어갔다. 평일이지만 밖에 눈이 와서 도로가 미끄러운 탓인지 출근시간이 꽤 지났는데도 지하철 안은 승객들이 많아 보였다.

천천히 지하철 안으로 들어간 이윤호는 적당한 곳에 자리를 잡고 한쪽 팔을 뻗어 손잡이를 잡았다. 그리고는 문득, 지난 봄 꼬마와 같이 지하철을 탔던 기억이 났다.

'아저씨, 너무 냉소적으로 살지 마세요.'

'내가 냉소적으로 사는 것 같아?'

'예, 제가 보기에는요. 사람이 너무 냉소적으로 세상을 살다 보면 치매에 걸릴 확률이 그렇지 않은 사람들보다 여섯 배는 더 높다고 하잖아요.'

'네가 날 잘 모르는 모양인데, 난 인간쓰레기들에게만 냉소적이지 그 외의 다른 사람들에겐 양처럼 순한 마음을 가졌다

고⋯⋯.'

'에이, 거짓말⋯⋯.'

그렇게 비명 한마디 지르지 못하고 세상을 떠난 꼬마를 생각하니 이윤호의 마음이 숙연해지며 고개를 떨궜다.

그렇게 몇 정류장을 지나고 있을 때 이윤호가 탄 앞쪽에서 한 남자가 큰소리로 주변 사람들을 아랑곳하지 않고 욕을 하는 소리가 들려왔다.

이윤호는 무슨 일인가 궁금하여 주변 사람들을 피해가며 소리가 나는 곳으로 가보았다. 작은 노약자석을 독차지한 이십대 후반의 남자가 한 손에는 목발을 집고 앉아 입에 담배를 물고 있었다.

'앗! 저 남자는 지난 봄 꼬마와 같이 지하철을 탔을 때 담뱃불을 끄라는 어느 할머니를 발로 걷어찬 바로 그놈⋯⋯.'

그 자는 지금도 여전히 입에 담배를 물고 주변 승객들을 위협하며 욕을 하고 있다.

"야! 이 몸께서 이런 곳에 오셨으면 대우를 극진히 해줘야지, 자리 양보도 없이 이것들이 죽으려고⋯⋯."

도끼의 뒷부분으로 무릎을 가격당한 저자는 평생을 불구로 살아야 할 운명으로 그렇게 아무 상관없는 이들에게 괜한 화풀이를 하고 있는 것 같았다. 그러나 이윤호는 그때와 같이 불구가 된 저 자에게 다시는 손을 대고 싶지 않다는 생각이 들어 그 자리를 뒤로하고 자리를 옮기려고 할 때였다.

"야! 거기, 쇼핑백 들고 있는 놈. 담배 하나 가져와!"

이 소리에 이윤호는 아무런 말 없이 돌아보지도 않은 채 자신의 주머니에서 담배를 꺼내어 그 자가 앉은 자리로 던져주었다.

"야, 이 개새끼야! 내가 거지냐! 얌전히 못 가져올래?"

이윤호는 그 자의 욕설에 아무 말 없이 다른 곳으로 가려고 하였다. 그러나 그 자가 다시 이윤호에게 소리친다.

"야! 어디 가? 너 이리로 좀 와봐!"

이번에도 역시 이윤호는 아무 대꾸도 없이 그냥 자리를 피하려고 하였다. 그때 그 자가 피우던 담배를 바닥에 집어던지며 자리에서 일어나 목발을 집고 이윤호의 등 뒤로 쫓아가서는 이윤호의 등을 자신의 목발로 치며 소리친다.

"야! 이 새끼야, 사람 말을 무시해!"

순간 이윤호는 등에서 짧은 통증을 느끼며, 서서히 그 자를 향해 몸을 돌리면서 낮고 근엄한 목소리로 말한다.

"혹시 날 기억하나? 지난 봄 지하철에서 이와 똑같은 장면이 연출됐었는데!"

이 말을 들은 목발의 남자는 몹시 당황해 하며 두 눈을 크게 부릅뜨고 이윤호를 쳐다본다.

"아니, 너, 너는?"

그러자 이윤호는 그 자에게 가까이 다가가 얼굴에 대고 이렇게 말한다.

"아직도 서서 다닐 수 있는 것을 감사할 줄 모르는구만."

끝

작가의 말

어떻게 읽으셨습니까? 원래는 《나에게 잡히지 말아라》의 속편은 집필하지 않으려고 했습니다. 계획도 없었고, 또 일반소설에 비해서 추리소설은 그 구성 자체에 큰 어려움이 있기 때문에 저로서는 '참으로 쓰기 힘든 작품이 추리소설이구나' 하는 인생의 경험을 하게 되었습니다.

그러나 《나에게 잡히지 말아라》를 읽으신 여러 독자 분들께서 뭔가 아쉬운 부분들을 지적해주셨고, 속편을 기대해보신다는 분들도 계셨습니다. 작가로서 받은 무한한 영광으로 지금도 그때의 소중한 의견들을 모두모두 간직하고 있습니다.

그래서 필자는 이윤호와 몇몇의 인물들을 다시 등장시켜 또 다른 구성으로 독자 분들께 다가갈 수 있는 이야기를 만든 것이 이번 작품입니다.

그리고 내용에 등장하는 인물들의 사형 제도를 옹호하거나 그것을 합리화하려는 내용이 나오지만 필자 스스로 그것에 대한 확고한 신념을 갖고 있으므로, 자칫 소설을 읽는 독자들께서 오해가 없으시길 바랍니다.

시간과 비용을 투자하여 이 책을 읽어주신 모든 독자 분들께 사랑과 존경을 표하며…….

8월 초 모기가 우글거리는 작은 집필 방에서

작가 이승욱 올림

이 책에 도움을 주신 분들

〈원주MBC〉 박지현 아나운서님, 조은영 아나운서님, 방송작
가 유예지 님
김은경 선생님과 남편 최성철 님
'정릉검도관' 김종호 관장님 이하 관원 여러분들
절친한 친구 권남욱과 그의 딸 권리원
이승욱의 정신적 지주 블러거 글라라 님
엄청난 독서량을 자랑하는 블러거 기산 님
문학인 동료 이윤호 님
서울 유현초등학교 11회 동창생 도준 외 많은 동창생 여러분
〈도서출판 북갤러리〉 관계자 여러분들
대단히 감사합니다.